冬末

兪平所飼養的咖啡色野貓，身上有虎斑紋路，
眞身的種族是神獸白虎。
能力強大，性格卻相當嬌懶，
弱點是食物，非常貪吃，
偶爾會鑽牛角尖，但是想開了就開始大吃大睡。

水煙

僉平的頂頭上司，也是陰間所派出的神獸管轄使者，
喜愛穿著各色的服飾，只有在辦正經事的時候會穿上陰官制服。
屬於說話不饒人、其實內心相當柔軟的性格，偶爾會貪杯。
靈力的來源是陰間配發的徽章，上頭有個人專屬標誌：五色鳥。

三日月

輕世代
FW053
歲時卷之
陰陽關東煮
下
逢時 著 | Sawana 繪

歲時卷之

陰陽關東煮 下

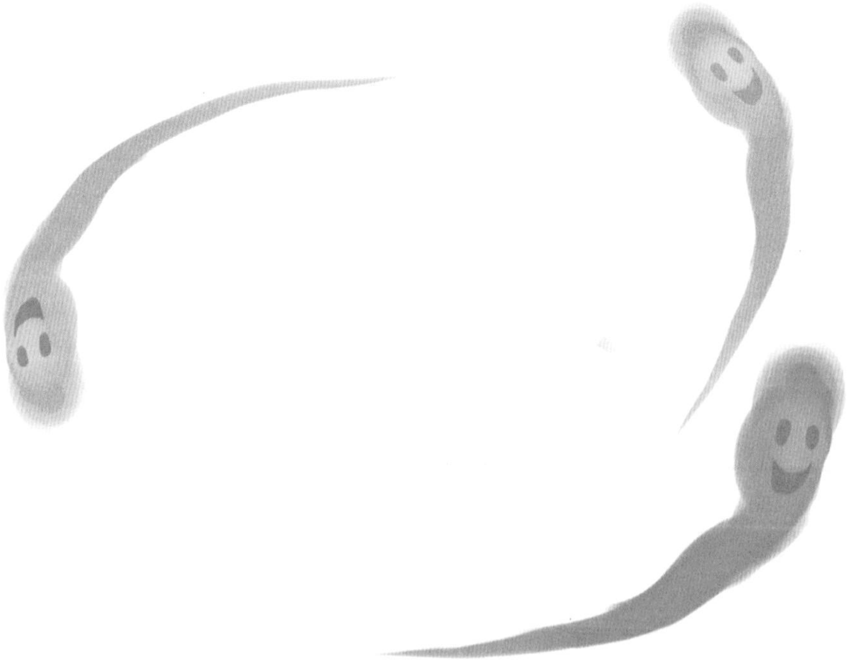

第八章　煞星來襲

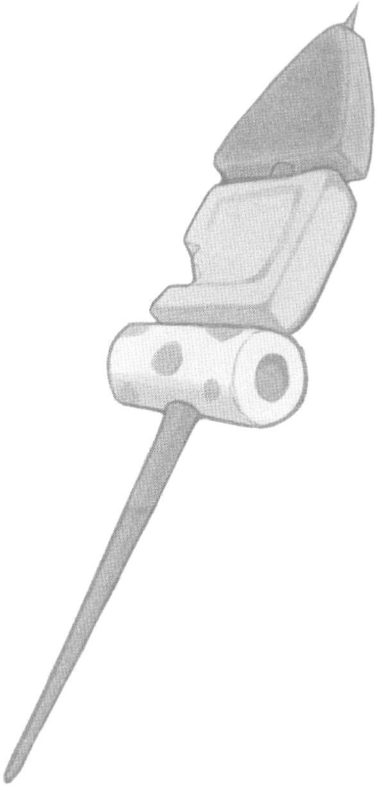

青彌生不請自來，還帶了如此令眾人恐懼的「大禮」，眾人皆心下惶然，在眾人臉色一片慘白中，青彌生一甩手，就把胡藥湘甩到一旁牆壁上，啪的一聲——聽得眾人心驚膽跳。

他甚至把左手提的人頭重重放上了料理臺！又是重重砰的一聲——震得眾人心裡發冷，威嚇意味十足，但配上他那桃花面容，又不禁讓人覺得十足怪異。

眼前那桌面上水煙的人頭，從蒼白的頸子被整齊地切了下來，全身竟只餘一顆人頭，他一臉悽慘的死白，雙眸緊閉，看不出來是死是活，但話又說回來，只剩下一顆人頭，這還能活嗎？

俞平臉色劇變，「你……」一句話還沒說完，阿書驚天動地的慘叫接連迴響，「啊……」就先引出了閣樓內的雲娘。

雲娘她探頭一看，臉上刷的白了一片，她赤足踩下地，一臉神色暴戾，雙手伸長如藤蔓般，迅速往前，破空而去。

雲娘什麼話都沒說，只死死咬住唇瓣，一個照面就先動起手來。青彌生此行太過惡意，不需要多費唇舌！

她雙手暴漲而出的藤蔓左右鞭打向青彌生，逼得他拔劍斬落了一截又一截的綠色枝枒。雲娘慘白著臉，手上攻勢更加凌厲，快速的再生出更多藤蔓，漫天揮舞，綠色的葉子鋪天蓋地的往青彌生襲去。

藤蔓的攻勢飛快，雖然被斬除了許多，卻勝在源源不絕，再生的速度相當快速，使得青彌生的反應有些左支右絀，雲娘蒼白的臉孔，泛紅的目眶不斷地湧出淚水，雙臂及肩已皆化成了藤蔓，瘋狂暴漲。

屋外的地氣瘋狂湧入雲娘體內，她正在汲取這塊土地上的所有靈氣——水煙已死，她顧不了這麼多了，灰色的氣脈源源不絕湧入她身上，讓她的藤蔓覆蓋上了灰色的光芒，更加粗壯。

青彌生不為所動，打一照面的時候雖然他落於下風，但是他手上的長劍鋒利無比，次次都斬落了雲娘來襲的藤蔓，讓他有恃無恐了起來，也越發不把雲娘放在眼裡。

「我要你血債血還！」雲娘臉上的淚往下滑落，眼中卻出現了絕望的平靜。

「妳有完沒完？」青彌生煩不勝煩，縱身往上一跳，繞過繁雜的藤蔓枝節，雙腳踏踩在雲娘的雙手上，揮劍架在她的脖子上，怒聲說著，「下賤的植物妖，滾！」渾身散發暴虐的氣息，睥睨著雲娘。

雲娘扯了扯嘴角，露出一個比哭還難看的笑容，「妾身是水煙大人最為鍾愛的花兒啊！」她拔尖了嗓子，驚聲啼叫，宛如杜鵑泣血一般，把脖子劃向青彌生的長劍，瞬間人頭落地。

雲娘的頭顱兀自在地上滾動著，血花噴飛。

一時片刻內，食堂內竟有死不瞑目的兩顆人頭。阿書倒抽一口氣，幾乎昏厥過去。自己的老師，竟然連命都不要了，就這樣跟著水煙走了！

青彌生嘲諷一笑，「真是無聊的情誼。」他的雙腳踏在雲娘仍站立著的屍身上，批評了一句，正想收起隨身長劍，卻在此時異變突生——

出乎他意料的，那具屍體在一瞬間化成了豬籠草的植株本體，由地板竄起，從下至上，不放過任何一絲空隙，攀住了青彌生的身軀，幾秒間就緊緊包覆住了青彌生。

綠色的巨大瓶身矗立在食堂中央，迅速轉紅，鮮豔欲滴，上面的草葉蓋子抓準機會，隨即朝下蓋上，豬籠草的袋子不斷蠕動，袋內的壁上只看的見人形的陰影，正不斷噴灑著鮮血，一次又一次的濺在內袋上。

一個男子的身影在裡頭不斷掙扎，揮劍往左右胡亂砍著，青彌生逐漸被越來越多的腐蝕液體吞噬，毫無脫出的力氣，這才是雲娘真身的最大殺招——以本體捕食對手，並將對手吞蝕殆盡。

人類的軀體對她來說，只是一個方便的化形而已，她從花靈修入花妖，這副軀殼只是行走人間的替代品，絕非她的真身所在。

但是這招既出，她不死也傷，如果沒有將青彌生一擊殺之，那她就是把自己的本體暴露在最危險的地方！她為了水煙，寧願拚個魚死網破！

而且就算她現在的確連尋死的心都有了，但那也要是替水煙報完仇之後的事情！

眼前的這等惡人，絕對不能放過！必須立刻斬殺於此地！

雲娘在心底重重發了誓言，毫無保留的展現出自己所有的戰鬥能力。

袋子蠕動了片刻，裡頭的人影已經不見蹤影，彷彿被雲娘消化完畢，食堂內的人看得瞪大了眼睛，連呼吸都屏住了。

忽然之間，袋子被切割成千百塊的碎片，往外噴射，一塊塊的打上了牆壁、屋簷，那都是雲娘的血肉！

青彌生一身黏稠，從袋中走出來，手上捏著一株小巧的豬籠草，那是雲娘的妖魄，被他硬生生的從本體內掏出來，他舉高了手上的植株，望著眾人驚愕的面容，「你們還有誰想說什麼嗎？」

他單手狠狠一捏，豬籠草被揉爛成一團，枝葉四分五裂，綠色的汁液在青彌生手裡蔓延開來，滴滴答答的往下滴落。

接著在場的人都聽見了慘叫，那聲撕心裂肺的慘叫，就是記憶中雲娘那溫婉的嗓音！如今卻尖叫不息……阿書的眼淚簌簌流下，青彌生再度舉手，她就被強硬的吸力往前拉，扯到了青彌生的面前，不斷發抖著。

但是渾身發抖的她，卻堅強的瞪著青彌生，「你想殺我嗎？來啊！」

她舉起了雙手，搭在青彌生的身上，身上的徽章大亮，發出光亮，迅速籠罩著她與青彌生——阿書希望身上的水煙徽章，能夠替它的主人跟雲娘報仇！

但是幾秒之後，徽章的光芒卻逐漸轉弱，彷彿判定錯誤一般，不管阿書如何的敲打著徽章，上頭的五色鳥卻仍然無聲無息！蘊藏著大量靈力的徽章，這次宛如死寂一般，不像平日般，立刻將眼前的妖怪烤得灰飛煙滅！

青彌生歪著頭，和善的一笑，「小傢伙還想反擊啊！」他已經調查得很清楚了，「那是對妖怪鬼魅的，我可是貨真價實的人類啊！對我一點都沒用！」

他咧開嘴，笑得十分歡快，又惡狠狠的掐住阿書的脖子，從嘴裡吐出了一把銀色的飛劍，在阿書的身旁不斷打轉。

「我想打煉一把能通靈識的飛劍，但是我又沒耐心慢慢煉，與其讓四方妖怪得到妳，不如……妳就來當我這把現成的劍靈吧！」他眼神射出光芒，覆蓋在阿書的額頭上，吸取她的魂體，打算轉換成器靈，供自己驅使！

阿書神色痛苦，在青彌生的操控下苦苦掙扎。「不……」她輾轉哀號著。

「你放開她！」見狀，一旁的俞平想前去跟青彌生爭奪，卻發覺自己的身體不知何時已經不再聽從控制，雙腳彷彿生了根，被凝固在原地，只剩下一雙眼睛能看著阿書，連掏出筆記本的力氣都沒有，他痛恨這樣的自己。

「我不准你動她！」他大聲嘶吼。

當年女兒的死他沒能阻止，現在說什麼都不能眼睜睜看著阿書被奪，那孩子還那麼小，還有往後的每一世，怎麼能夠現在就被困在飛劍中，永遠永遠沒有逃脫的一天！

只是現在形勢比人強，奈何俞平喊得再大聲，這些話語都進不了青彌生耳朵，他只是露出迷醉的笑，張著像是野獸的眸子，一瞬也不瞬的掐著阿書。

「我找了這麼久，終於找到了，一把上好的劍靈啊……妳的資質如此純淨，必定可以與我的飛劍融合在一起，絕不會有任何的排斥問題！」青彌生神色狂喜。

原本說來，飛劍的劍靈要由主人慢慢煉化而成，主人與飛劍心意相通，才有可能煉出完美的劍靈，但青彌生貪懶，又聽聞阿書的資質絕佳，乾脆將阿書的魂魄硬塞進去飛劍當中，當成他的劍靈驅使。

「吼！」這時一聲暴喝，破空響起。

冬末從窗外跳進食堂，以貓形的姿態，飛身向前，雷霆萬鈞的一掌，就拍掉了青彌生手上的阿書，在半空中吸一口氣，落地已是一身黃褐毛的巨大老虎型態！

牠一甩頭，吞進了阿書的靈體，以及被牢牢定在料理臺後的俞平，迅速撞破窗子的玻璃，一溜煙往外竄，毫不回頭！

耳邊的風聲呼呼作響，冬末全速奔跑著，一直跑出了他們居住的社區，入了最近的山上，在參天的樹木底下，牠才停下來，把俞平跟阿書吐出來，憂慮的看著他們。

俞平臉色凝重，先從懷中掏出他的線圈筆記本，不斷的拍著上頭的封面——以往他都是這樣跟水煙聯繫的——但是這次不管他拍了幾下，用了多重的力道，就是見不到水煙似笑非笑的臉龐。

「哇嗚……水煙大人真的死了嗎？」阿書跪坐在地上，眼淚不斷地掉，她受到了很大的驚嚇，向冬末不住的哭泣著，「還有雲娘……你怎麼把他們都留在那裡……」

「煩死了，不要哭！」冬末一掌拍向阿書，把她按倒在草地上，雖然沒弄痛她，但是看得出來牠現在心情很煩躁。

「沒事的，別哭了。事情還未定，妳先哭也沒用。」俞平收起了筆記本，把阿書哄到了懷裡，一下下的拍撫著。「我們進陰間一趟，我不相信水煙就這樣死了！」最後這句話，俞平是看著冬末說的。

冬末甩甩尾巴，煩躁的點頭，同意俞平的打算。牠用腳掌拍地，只重重幾下，他們眼前就出現一道銅製大門，上面還有兩個精巧的拉環，俞平起身，走上前去，用力拉著拉環，門卻聞風不動。

「……門鎖上了？」俞平退後幾步，看著這道大門，想好好研究一番，卻被火氣很大的冬末一掌推到旁邊。

「別浪費時間了，讓我來。」冬末怒吼一聲，一掌拍向大門，門上轟隆作響，卻仍然未推開半吋。

「該死！竟然敢阻擋我？」冬末大怒，側著身體用肩胛骨用力一撞，眼見門還不開，牠怒氣燒上心頭，繼續用盡全力撞了三、四下，連附近的土地都發出了微微的震溢。

冬末是陰間特封的監督使者，監督人間委外陰差大小事情，只是牠天性偏懶，除了顧及俞平以外，其餘的陰差都無心理會，但就算這樣，牠也無法想像，自己竟然有一天會被拒於門外！

前有青彌生，後有陰間無故阻擋，氣得冬末幾乎抓狂，下了死力氣撞，反正牠皮糙肉厚，就不信這陰間大門，能奈牠何？

「好了好了！求求您別撞了別撞了！」銅門終於打開一條小縫，一個作著陰官打扮的魂體迅速飄出，打躬作揖著。

這陰官打扮的，是個年輕的男人，一身陰官的標準制服，黑色的長袍，樣貌普通、身高普通、看著就是一個路上一抓一大把的普通人。

他對著冬末長揖到地，臉上陪笑，「白虎大人，您且消停些，咱們這南區的門，就要被您撞壞啦！」他哇啦哇啦的說著，背後的銅門卻仍然緊閉著，連一絲縫隙皆無。

「為什麼阻擋我？」冬末居高臨下，鼻孔噴著氣，別看牠一身不是白毛，好歹牠也是貴為白虎後裔，陰陽兩界穿梭自如，上天下地都可以，憑什麼不讓牠進陰間？

陰官抹抹頭上的汗，誰叫他猜拳輸了，被長官踢出來面對這隻窮凶惡極的神獸，這次真是衰到姥姥家了……

「白虎大人您要回陰間？這當然可以，絕對沒問題！您可是身兼監督使者的重要人物，來來來，快請進！」

陰官一開口馬屁就直接打了上來，恭恭敬敬側身讓開。

銅門，終於開了。

「哼！算你們識相！」冬末哼了一聲，用鼻頭拱拱俞平，想將他先推進大門內。

沒想到陰官卻快手快腳的擋在俞平面前，「白虎大人，您剛剛沒聽清楚小人說的話嗎？是只有您可以進來喔！」他笑得一臉尷尬，引發了冬末幾乎狂暴的怒氣。

「你、這、傢、伙、說、什、麼、鬼、話？」冬末磨著牙齒，從上方狠狠瞪著這個對牠來說，跟隻雀鳥一樣弱小的陰官。

「唉唉，小人的確是鬼身，也不得白虎大人歡心，這……」陰官從懷中掏出帕子，按了按眼角，看得冬末幾乎顏面抽筋。

好在冬末雖然性格暴躁，卻也知道這時候得退讓些。

牠深深吸一口氣，「俞平也是委外陰差，阿書是陰間下放人間的管制人魂，我要帶他們進去。」牠好不容易才壓下性子，跟這個搞不清楚狀況的陰官解釋。

「不不不，陰間已經解除了俞平在陽間的差役職權，陳書晴則是叛逃人魂，而我們目前正在召開如何處置的會議，尚未對外發出人魂緝捕令。」

陰官眨眨眼睛，雙手一攤，繼續說著，「因為我們還沒決定要怎麼做，所以俞平跟陳書晴都不能進陰間。」

從這個素昧平生的陰官口中說出來的話，一下子還真的讓在場的人懵了，什麼時候他們的世界已經風雲變色了？

水煙成了一個提到他們面前的人頭，而陰間卻把他們拒為門外！

甚至還要對阿書發什麼人魂緝捕令？

冬末朝天怒吼一聲，終於忍不住，銳利的虎牙閃閃發亮，牠張大嘴巴，就要往眼前這個莫名其妙的陰官身上啃下去。「你根本找死！」

「好了，冬末。」俞平伸出手來，擋在牠面前，「讓我們搞清楚一些事情吧！陰官大人能否讓在下詢問一些事情？」

他神色肅穆，態度莊重有禮，看著眼前陰官。

俞平沒忿忿的斷然離去，讓這個一時之間被丟出來的替死鬼，倒是啞口無言了一下。「……你有什麼問題？」

「青彌生是誰？」他一字一句，緊盯著陰官的臉色看，果不其然，陰官吸了一大口氣，支支吾吾的說話，「我不能說！我的層級沒有告知你們的權限……」

「不能說，所以不是不知道？」他頓了一下，圈套已經成形，「讓我猜猜看，青彌生是人類這點不用懷疑，但是他不是單純的人魂轉生，他的身分比我們都高？才會讓陰間急急相護？甚至不管不顧我們？」

「我不能說，你不要繼續猜了！」

「不是不能說，是你不敢說吧？所以他是陰間惹不起的人？莫非他是……天界的人！」

俞平每一個問句都有根據，事實上他跟水煙的情誼也還算得上不錯，雖然總不給那傢伙好臉色看，但是水煙熱愛俞平一手好料理，蹭飯蹭酒什麼的總免不了。更何況水煙，是一個喝醉之後，就管不住自己的嘴的人。

「我、我！我不知道！你不要繼續問下去了！」陰官大吼出聲，竟一頭冷汗。

俞平每一個問句出口，陰官的臉色就更黑了一點，黑得像是炒鍋鍋底一樣，讓他點頭也不是，搖頭更不是！

只要讓上頭知道，他透漏隻字片語給青彌生要的人，恐怕他這陰官的路就當到頭了！

「走吧！我們走！留在這裡也沒用。」俞平轉過身來，神色平靜，他不再逼問陰官，他已經得到想要的答案了，雖然情況越來越糟。「既然陰間不留我們，我們就上天界！」

他不是胡亂猜測的，能夠讓青彌生以一介凡體之姿，破了雲娘的真身，想必不是普通人魂轉世，再用陰間的態度下去推敲，能夠讓他們諱莫如深的，六道之中也只有天界的天人了。

冬末重重哼了一聲，背後的尾巴煩躁的掃著，旋風式的掃平了一些矮灌木的樹叢，一瞬間這山野邊的花花草草便東倒西歪。

「走就走！誰稀罕！」牠張牙舞爪，作勢要撲咬眼前的陰官。

還是俞平再度出聲，「別玩了，這傢伙看著就難吃。」這個倒楣的陰官，才沒有成為白虎今天大開殺戒的第一個犧牲者。

「就是！吃了說不定會鬧肚子疼！」冬末哼哼兩聲，陰官擦擦頭上的汗，完全不知道該不該為自己高興。

沒想到其貌不揚這點，有一天還可以救了自己一命！

就在冬末張大了嘴，準備要將他們再度吞入腹內的空間，卻聽到一聲男子響徹雲霄的笑聲……

「哈哈哈！你們哪裡走！」

後面一道風聲襲來，劍氣破空而來，冬末頭上的王字頓時大亮，回頭勉強擋下了第一招，牠定睛一看，青彌生踩在半空中，正哈哈大笑著，眼神自負又得意，彷彿把這當成一場遊戲。

陰官唉唷一聲，內心大喊倒楣，怎麼這麼衰，竟然還跟這個煞星打了照面？這次不只衰到姥姥家，根本連太姥姥家都到囉！

他臉色扭曲，顧不得冬末等人，迅速鑽進了銅門的縫隙當中，幾陣水波的紋路在空氣中飄盪，銅門跟年輕判官，轉眼消失不見。

可謂之溜得比誰都還快！

「來來來，乖乖成為我的劍靈吧！我不會虧待妳的！」他向阿書招了招手，模樣親密，眼神熱切，帶著一股令人說不出來的厭惡，俞平立刻閃身，擋在瑟瑟發抖的阿書面前。

「你當我死了？」冬末冷冷哼一聲，右掌重重踩地，裂開了地縫，全身的條紋大亮，瞇細了眼睛，擺足了迎戰的姿態，風雨欲來！

牠向前佯攻一招，跟青彌生手上的長劍格擋幾下，虎爪還未拍上青彌生，就立刻又迅速退了開來，在轉身之間，雷霆萬鈞的尾巴一掃，揚起了漫天塵霧。

趁著青彌生抬起了手，擋住了襲捲過來的煙塵，雙眼仍然看不見眼前景象時，迅速叼起阿書與俞平，撒開後腿，加快了速度往前奔跑。

牠在山林之間迅急如風的穿梭，只一轉眼，把青彌生甩得遠遠，迅速拉開了與青彌生之間的距離。

神獸白虎，為青龍、朱雀、玄武等四神獸當中，戰鬥力與速度都較為平均的一支部族。

雖然沒有青龍的強大破壞力、朱雀的絕塵速度、玄武的無上防禦，但是白虎天生驍勇善戰，在四神獸中的能力平均下來，就是屬於進可攻、退可守的神獸！如果光是要逃，天地間恐怕也無幾人能追上。

青彌生雖然來自天界，恐怕當初轉生的時候連一絲法力都沒有消抹！但是如果想在腳程上與冬末一較高下，那還是絕無可能。

青彌生一個人留在原地，摸著下巴，臉上陰晴變換了幾次，瞳孔的顏色交錯，黑與灰不斷轉換，臉孔快速扭曲，男聲與女聲交互響起，在同一張嘴當中輪流說話。

「我說哥哥啊，還是交給我吧？」

女子的聲音，甜膩動人，彷彿從青彌生體內，竄出了另一個魂體，當此聲音響起時，就是灰色的眼眸，面容偏陰性，眼角帶勾，紅唇鮮嫩。

「哼。妳保證能抓到她嗎？我可不想失望啊！」

男子的聲音，冷淡驕縱。這是青彌生的男子性格，也是原本維持在外在樣貌上的黑色眼眸，此聲音響起時的面容偏陽剛有稜角，雙目圓大，薄唇冷情。

「當然……哥哥想要的，靡聲沒有得不到的。」女子的聲音，給了自己的雙生兄長，十成十的把握。

「哼！那就交給妳吧！」男子的聲音漸漸消去。

「是。謝謝哥哥。」女子的聲音取而代之。

同一體的兩兄妹，達成了協議，開始完全轉換，更換著這次要主宰人形外殼的意識，讓原本的青彌生性格退居幕後。

青彌生踉蹌了一步，身形轉換為女子柔軟的腰肢，面容白豔，聲音如歌，遠望著田野之間的天際。她與哥哥從未分離，哥哥想要的東西，青靡聲必定替哥哥取來。

轉換了性格的青彌生，不！或許該叫她青靡聲了！

她正笑得甜蜜，臉龐上晃漾著期盼的神色，雙頰殷紅，輕輕吐一口氣，踩上了飛劍，往前翩然飛去。

「我們上天界！」俞平在冬末的肚子內站了起來，聲音雖低，卻相當堅絕。他不相信，這天界竟然會讓天人轉世之後，下凡胡鬧人間至此。

總該有個能夠制裁青彌生的人！

「我們上天界，告那青彌生一狀！他由天人被貶入人間，一定有個三差五錯，天界絕不可能讓他在凡間隨意作亂。」

俞平說得肯定，冬末倒是沒幾成把握，天界那群人，歌舞昇平，以三界統治者自居，雖然也有些能人、清雅之臣，但是……光是想到自己有一個把兒子扔下凡的老爸，冬末就覺得有點絕望。

不過眼下看起來，似乎也沒別的路能走，這上告天界，不失為一個好法子，牠可不想堂堂一神獸，老是被那痴狂的青彌生追著跑！

「天界的通道在外海上。得先破了一海上仙山的禁忌，才能直上天界，你們坐穩了，我全速前進！」冬末交代了幾句，瞧了一眼自己的肚子，看著俞平與阿書緊緊捱在一起，才放下心來。

牠撒腿狂奔，躍上天際，平穩的在雲海之間奔跑，跨過一片又一片的雲朵，穿梭過一道又一道的氣流，時而向上翱翔，時而向下奔逐，上頭的天空晴空萬里，牠卻覺得內心沉重不已。

就算牠一直都不知道原因，但是牠的內心仍然一直認為，牠是被拋棄的孩子，也是唯一不住在天界的神獸，就算牠曾經因為思念父親，而偷偷瞧了一眼海上仙山，也沒有想要回去的念頭。

那一次，遠遠望著從海上仙山下來的天人，冬末幾乎花了全身的力氣，才能勉強自己不要衝上前去，問一句：「你們知道白虎一族住在哪嗎？」

而這一次回去，是否會遇見自己的父親，自己又該怎麼面對他呢……

冬末甩甩頭，放棄內心糾結不已的心思，全力向前。

冬末全力加速，不到一個鐘頭的時間，海外仙山就在眼前，冬末吹了口氣，神獸特有的氣息，讓仙山外頭的結界應聲開啟，露出裡頭藏在山腹中的狹長階梯——天界通道的幻形。

冬末降落在階梯前方，入口兩邊的天兵天將立刻出手阻攔。

「來者何方？」

他們左右各據一方，左右鎧甲一銀一紅，手上絲帶翩飛，上頭都綁著大如人頭的錘珠，一把巨劍與長槍，閃爍著冰冷的光澤，而天兵矮些，天將略高些。

「白虎冬末。」

冬末冷冷報上姓名，綠色的大眼眸瞅著天兵神將看，彷彿要把他們瞪穿一個洞來，牠張嘴吐出了俞平跟阿書。又撇了一眼天兵天將說：「我要上天界，你們別阻攔我。」

看見是白虎一族，左邊的天兵倒是冷哼一聲，「你們有通行玉牌嗎？」

冬末掃了他們一眼，「我不需要那種東西。」

「這麼說起來，閣下是要硬闖囉？」天將冷笑一聲，巨劍橫空砍來，落在狹窄樓梯前方，阻攔冬末一行人的意思相當明顯。

這是冬末今天第二次被阻攔了，牠怒極反笑，深深吸一口氣，又反吐出來，一時之間狂風大作。

「通通給我讓開！」

白虎的咆哮震耳欲聾，傳至天界上層入口，引起了幾位巡邏的天官注意，只是他們早已習慣安居樂業的生活，只微微探頭，又漠不關心。

「擅闖天界者——死！」

天兵天將也動怒了，白虎一族雖貴為神獸，但普天之下，誰不知道，牠們已經歸化天界已久，受天界管轄？有什麼資格在這裡咆哮，甚至對他們身有官職的天人放肆？

他們架起法寶，左高塔、右明鏡，手上一揚，高塔迅速變大，在天空七彩的旋轉著，各樓層都放出各色光芒，天地之間被照得大亮，連冬末都不得不遮掩了一下眼眸。

澄澈的明鏡，在這一瞬間當中紛飛出了許多彩蝶，像一道洪潮一樣，湧上了冬末腳下，牠立刻拱了俞平跟阿書上自己的背，往天空上一躍。

只是彩蝶的數量多不勝數，幾乎要包夾他們了。

高塔上的光亮又不斷掃射，讓冬末左支右絀，牠不想賭也不願賭，誰知道這些攻擊的殺傷力有多大，說不定碰一下俞平，就讓他魂飛魄散了，到那時候，他去哪裡撈俞平回來？

想到這裡，冬末愣了一下。

俞平在自己心中的位置，原來已經這麼重要？牠左右飛翔，閃著彩蝶群與光芒，因為意識到重要的人就在身邊，所以慌張了起來。

「別急，先落地，我與他們說說。」俞平的聲音穩穩響起，撕下了一頁自己的線圈筆記本，十幾隻五色鳥清亮啼叫，往外成一列隊伍，護衛著冬末一群人，驅逐著彩蝶群，還能防禦著不斷張揚的光芒。

「小哥。」俞平一落地，先一揖。

他張手護著身後的白虎，這孩子當初怎麼來到他面前的，俞平一直都記得清清楚楚。他不是沒有親族的孩子，反過來說，冬末是牠父親的唯一希望……只是牠自己不知道罷了。

「請兩位別阻攔我們！我們要上告天庭。神人轉世的青獮生在人間為惡，不僅擅殺陰官，更想獵取人魂為其所用……」俞平話還沒說完，就看著眼前天兵天將那鐵青的神色，他們齊齊退了一步，死守階梯，暗自打著哆嗦。

「別說了！」天兵大喝一聲！

青獮生的惡名昭彰，天上人間有誰不知道？這惡人好不容易下了凡間，說什麼都不能再回天界，他們在天界擔任仙官，誰沒有個一親半戚在宮廷之中？誰家的姑娘姊妹可不都護得死緊，深怕讓那青獮生瞧上一眼，起了什麼樣不該有的心思，最後弄得連轉生的幾乎都沒有，只能成為死氣沉沉的法器！

他們退了一步，召回彩蝶群，只是死守著天界階梯，鐵青著臉，「你們回去吧！青獮生已經被貶下凡，不關天界的事情！」

俞平本想化干戈為玉帛，但聽見天兵天將的話，諒他修養再好也只能冷笑一聲。

「被貶下凡就不關天界的事情？」他向前一步，氣極反笑，無懼凶猛的彩蝶群，張口就是一頓罵，「你們讓他保留了完整的靈力還有記憶，被貶下凡？這根本是縱放一頭不知道是非的猛獸！」

他一字一句都打入天兵天將的心臟，「他在人間為惡，誅殺的每一個靈魂，這其中的罪孽都要算在你們的頭上！你們一個一個，誰也逃不了！」俞平咬著牙，恨恨的說著。

天兵天將對看一眼，彼此的心都沉入冰窖了，只是這群人沒有令牌是真，就算讓他們上達天界又能奈何？「你們回去吧！你們有白虎護身，不管怎麼說，青彌生都無法傷害你們的……」

他們收回了彩蝶群以及高塔，揮揮手，一臉疲憊的坐倒在階梯上頭。

完蛋了，青彌生的法力跟記憶都絲毫未失，這下凡的百年刑期一下子就到頭了，難道真要讓青彌生回到天界嗎？那些冰冷沒有生氣的法器，一樣一樣都還擺在那裡……

天界的人是自掃門前雪沒有錯，但也不是一個個都沒心沒肝，天兵站了起來，看著一臉肅穆的俞平，他猶豫萬分，跨出一步，「你……聽著！」

「我有一個姪女，就這麼小而已。」他比了比一個高度，只到腰間，「被、被青彌生抓了，拆了頭蓋骨，做成木魚……」他露出一個比哭還難看的笑容，「青彌生敲了幾次，嫌棄聲音不好，就把她的頭蓋骨敲破了。」

「我姪女的那聲尖叫，環繞了天界一天一夜，逼得世家天人還得祭起結界阻擋，但是也是到那時候，我們才知道，那個在天界出生，總是無憂無慮的小姪女，到底失蹤到哪裡去了……」

天兵顫抖著，天將也跟著跨出一步，接過話，「讓青彌生下凡是我們的錯，但是本該不是這樣的，他理應失去一身靈力與記憶……我們現在就向上通報，我們倆沒什麼家族勢力，但是一些執勤的弟兄倒是有的。」

他們倆一起跨出階梯的通道口，雖然仍然擋身在前，卻露出堅忍的神情。

俞平看著他們好半晌，什麼話都沒說，只轉身，面對著冬末。

「走吧。」沒什麼好為難他們的。

冬末一愣，牠是打從心底不相信這倆人說的話，天界會放下「完完整整」的青彌生，早該知道這些後果了！現在在這懺悔有個屁用？更何況牠還沒盡全力，可不是打不過這兩個傢伙啊！

但是牠掃掃尾巴，叼起阿書，跟俞平肩並著肩，一同往外走去，什麼話都沒說。

「……這事很嚴重。」在他們離去之後，天兵抖著唇開口。

誰都不想對上青彌生的家族，會有那樣喪心病狂的天人，基本上他的家族要負最大的責任，護短到喪心病狂的親長、寶愛到幾乎令人髮指的母親……他們絞殺了所有密告的天人。

「非常、非常嚴重。」天將吞了一口口水，他到現在還在猶豫，他不想蹚這渾水，但是……「凡間的人，也是人生父母養的。」

他的手心捏得死緊，他是苦修上來的，並不是純淨的「天人」。

因為這樣，他的修為裡頭參雜了太多的紛雜情感，就算修上武仙，境界也是同期中最低落的，只能落得這樣一個守門的職缺，但是那又怎麼樣呢？

誰無父母、誰無姊妹？

天兵天將對看一眼，掐起手訣，這個消息要傳到天庭上，一定不能埋沒在他們倆這裡，如果運氣好的話，說不定能將青彌生斬殺於人間。

運氣不好的話……他們倆個就賠在這裡了。

「兄弟……」天兵一開口，天將就笑著搖頭。

「別說了。你有你的門路，我有我的門道，我們倆個現在誰都縮不得了！這個消息，一定要送上去，你怕死吧？我也很怕？才這樣死命修上來，媽的！」他呸了一口，結果修上天人，卻是這樣一個烏煙瘴氣的地方？

天兵搖搖頭，在這裡看了幾百年的門，什麼情啊愛的，都離他很遠了。

就算得知小姪女的死訊，他也沒有離開過這裡，這幾百年，都是跟兄弟一起過的，既然兄弟肯做到這種地步，那自己又有什麼好勸解的？

「跟你一起在這裡的歲月已經足夠了，我不怕死。」天兵傳音上天，他的聲音要過很多道門檻，才有可能真的上達天聽，更有可能的是，在中途就被抹滅了……

「哈哈哈。」天將拍拍他的肩膀，兩人飛快的開始傳聲。

有兄弟在的地方，生死是很後面的事情了。

「就這樣交給他們了嗎？」冬末低聲說著，「在那之前，我們要去哪裡？」

牠問得實際，事實上也是實話，青彌生的能力強悍，現在天界、陰間都不聞不問，上天下地的路都被堵死了，牠可沒把握，能帶著俞平跟阿書一路平安的東躲西藏。

俞平抹了抹臉，萬分疲憊，「走一步算一步吧……」

他們現在落在山林之間，周圍環繞著雲霧，躲藏在高山當中，在這裡只有他是個凡人，還有個肚皮的煩惱，不過現在也吃不下什麼，只一肚子煩悶。

「這樣下去，躲不了多久的。」冬末嘆口氣，落地又是咖啡色野貓的模樣，牠並非純血白虎，真身的模樣會耗費牠很多力氣，不如現在這樣輕鬆。牠向前一躍，躍入俞平的懷中，軟軟發出聲音。

一旁的阿書只是緊抱著自己的膝蓋，坐在一地落葉上，緊緊咬著下唇。

俞平拍了拍阿書的肩膀，開解她，「這不是妳的錯。」

他又怎麼會看不出來阿書的心思，這小妮子把一切都攬到自己身上，水煙跟雲娘的死、還有生死不明的胡藥湘……說起來，俞平自己心裡頭也是沉甸甸的。

「錯的是青彌生，不是妳、不是我們、不是凡間。」他抬起了阿書的下巴，眼神寧靜平定，嗓音溫和，一字一句都沉著。

阿書咬著下唇，眼眶中迅速積累了淚水，哇的一聲撲向了俞平，壓得俞平懷中的冬末慘叫幾聲，翹著尾巴迅速跳走。

她感受著俞平下巴的鬍渣，眼淚拚命掉，她完全不懂，為什麼自己會有這樣的命運？先是修羅，再是天人，自己就連做鬼也不得安寧？

「別哭了，別哭了。」俞平嘆氣。

阿書跟自己的女兒其實不太相像，除了年紀相仿以外，幾乎沒什麼共通點——自己的女兒可不會這樣抱著自己哭泣呢，那個早熟的孩子，總是一個人處理生活中大小事情。

就算憂慮的望著她，也只能看見她回頭的燦爛笑容，然後最後決絕的死去，永遠的離開自己，俞平心裡一痛，從自己的骨血當中孕育出來的孩子，不管什麼時候都是心上的一塊肉。

拔了之後，就會火辣辣的疼，永遠好不了。

「都是我的錯都是我的錯……」

懷中的阿書還在哭嚷著，小小的臉蛋上面布滿淚痕，一夕之間，她的世界天翻地覆，不由得讓她開始想起，如果那時的她，乖乖跟著水煙去投胎就好了！

冬末倒是翻了翻白眼，不滿俞平被阿書霸占，乾脆跳上俞平的肩膀。

牠由上往下的俯瞰著阿書，「哭哭哭的，妳就只會哭，如果不滿現狀的話，就想辦法改變啊！妳如果覺得都是自己的錯，那就出去解決啊！」

說到底，冬末的話還是重了些。

阿書只是一介人魂，倒楣的攤上了一些自己不想要的能力，就算要她出去跟青彌生拚個生死，那勝負也只是一瞬間的事情。

但是冬末就是看不慣老是哼哼唧唧的阿書。

哭個不停到底能解決什麼問題？如果真的想死的話，就不要拖著俞平去啊！冬末怒吼一聲，別過頭去，俞平看著鬧彆扭的俞平，跟哭得沙啞的阿書，重重嘆了口氣。

怎麼大家都挑這時間拚命撒嬌呢？

他苦笑著搖搖頭，正想好好安撫冬末，天色也逐漸晚了，鬧了這一天，他們該尋個落腳處了，總不能真的露宿野外吧，冬末跟他都不是鐵打的，休整些才有精神應付接下來的挑戰。

但是這時候，冬末的尾巴卻忽然炸開，像是松鼠尾巴的放大版，暴吸一口氣，立刻現出真身，尾巴還直直抖著，牠迅速回頭叼著俞平跟阿書，一口就是一個，看著半空中的仇家，準備逃命去也。

只是這面容怎麼有點熟悉，又有點陌生啊……

還來不及反應，青彌生的聲音已經響起，嬌脆動人，入耳就讓人陶醉。冬末、俞平、阿書皆是一愣——這青彌生怎麼就成了女子了？

「奴家青靡聲，向諸君請安了……」

她帶著與青彌生幾乎相同的臉孔，姿態秀麗，向前盈盈下拜，幾乎嚇壞了俞平與冬末。

這廝現在是怎麼回事？

第九章　冬末的抉擇

「奴家是靡聲……是彌生的妹妹。」青靡聲臉頰胭紅，盈盈下拜，「這件事情是奴家的哥哥唐突了，其實並不是真的要那人魂的性命。」

她手指一指，嚇得阿書又躲進冬末背後。

「哼。耍什麼花樣？」冬末往前一步，護住了俞平跟阿書，青彌生詭計多端，身上的味道明明就是同一個人，為什麼又自稱妹妹？甚至連臉孔都不同了。「廢話少說，你身上的狗臭味我可還沒忘記。」

「白虎大人……」青靡聲委屈的一眨眼，眼眶就蓄滿了淚水，彷彿受了天大的委屈，「我們兄妹倆在天界孕育的時候艱難，迫不得已共用一個身體，我沒有惡意，只是想助那人魂些許日子……」

「你們是……一體雙魂？」俞平沉吟了一下，站出來開口問道，這青靡聲講話有條有理，似乎還可以聽上一聽。「什麼意思？」

青靡聲再次盈盈下拜，「你聽我說完，其實事情是這樣的……」青靡聲按了按眼角，接著說。「在天界母親孕育我時，我不幸在母體內夭折，卻因魂魄已然成形，我只好與哥哥共用此身體，另外取名為青靡聲。但哥哥暴戾無常，連帶妹子我也得一起下凡清償罪孽。」

俞平暗自思索，沒想到他誤打誤撞，還真的猜對了！青彌生是天界的人，只是不知道因為什麼緣故，帶著一身神通力下凡投胎，並且保留了完整的靈識。

俞平皺起了眉頭，不知道該不該信眼前的青靡聲。畢竟這一切來得太快又太過詭譎，青彌生與青靡聲都透著一股古怪的味兒！

而且青靡聲其實並未全盤托出，她沒說的是——此具肉體一半的性格帶著暴烈的殺氣，另一半的性格則善於玩弄權勢跟計謀。

兩種不但沒有互相衝突，甚至相輔相成的後果，造成青彌生在天界時，就是人見人怕的存在，最後甚至因為兩個性格一同聯手，連續殺害了數十名天人，才會被罰到人間受苦五百年。

但是青彌生的母親，卻對她的孩子寶愛異常，不僅隱瞞青彌生的瘋狂與雙重性格的事情，甚至花了大力氣買通了罰刑的天官，讓青彌生帶著一身的神通力與完整靈識下凡。

結果青彌生下凡之後簡直如魚得水，四處蒐集喜歡的人魂、妖怪，三界眾生都風聞過他的惡名，只要遇上青彌生就得繞道走。

這次陰間會大動作拒絕俞平跟冬末，也是因為青彌生的母親，時時盯著自家兒子的一舉一動——提早替他打點好一切的關卡。

「那作惡多端的是妳哥哥還是妳？」俞平思索了半晌，開口問道。

「當然是我哥哥啦！」青靡聲十分委屈，幾乎淚如雨下，「如果你們還信我的話，就讓這人魂跟我走，我必保她平安無事！不會讓哥哥胡作非為！」

「平安無事？那水煙呢？」俞平冷笑一聲，青彌生的殘暴他們都看在眼裡，怎麼可能輕易相信眼前這女子的話。

「哎！」青靡聲跺跺腳，「哥哥就是不肯聽我的話，我們貿然上門，你們必定不肯理會，但是斬殺了陰官水煙，也能震懾各方，宣示那人魂是我兄妹倆所要之物，才不會後患無窮！」

「竟然為了這種理由……你們就殺掉一個無辜的陰官？」俞平瞪大眼睛。

「成大事之前，必先有所犧牲嘛！俞平大人，你說是不是……」青靡聲說得動人，聲音婉轉動聽。

「別說了，你們早已惡名遠播，我們不會相信的！」俞平思索了半晌，雖覺得青靡聲字字動之以情，但細細思索便發現處處是漏洞，讓他實在無法相信青靡聲說的話——話不好好講，還一上來就先哭是什麼意思？

他牽起阿書的手，「冬末，我們走！」今天一整天的追逐賽，讓俞平已經很清楚了，青彌生雖然法力無邊，卻是無法阻攔他們，只能數次費力尾隨罷了，暫時對他們還無可奈何！

聽到俞平斷然拒絕，青靡聲的臉色僵了一下，「你們不再考慮看看嗎？我跟哥哥願意收那人魂為徒，教導她百年之後的自保方法，或許還能……」

俞平冷眼看著青靡聲，「妳口口聲聲那人魂那人魂的，妳連阿書叫什麼名字都不知道，我們又怎麼可能相信妳會好好善待她？」

他拍拍冬末的頭，冬末會意，應聲張大了自己的嘴，準備吃下俞平跟阿書。

「欸你們等等！」青靡聲一著急，臉上的桃色更顯豔紅。

只是黔驢技窮，她追不上白虎，又能耍出什麼花招？眼看現在說什麼都沒用了，自己又要怎麼跟哥哥交代呢？

青靡聲乾脆大喊一聲，「你們不想要那顆人頭的命了？」

青靡聲看著俞平與阿書，眼前兩人一同眼神一亮。頓時心下了然，這招對了！有些愚昧的凡人總講求什麼夥伴與朋友，他們可不知道，大難來時各自飛才是真理哩……

「……妳說水煙還沒死？」

俞平沉吟再三，還是吃下了青靡聲撒的餌，他本來就不相信水煙就這樣簡簡單單被青彌生殺了！現在就算對方只是一個圈套，他也不得不進！

「嗯哼。」青靡聲一反剛剛委屈的模樣——反正也無用。

她看著手上的指甲，撥弄著食指內的指肉，翹起了小拇指，「要換嗎？」她指指阿書，「用這個人魂跟我換他的命吧！」

俞平聽見青靡聲的條件，立刻不加思索的說，「不可能！」對他來說，水煙跟阿書都是很重要的人，他不能也沒有權力去做這種抉擇。

「你不後悔嗎？」青靡聲好整以暇，似乎打定主意俞平他們絕對會答應。「那人頭的靈識被我封存了起來，不過時效並不久，也就七十二小時……」

俞平一愣，三天的時間？他們還有機會救回水煙嗎？

但是眼前這青靡聲，是絕對不肯平白無故將水煙的下落告知他們，如果盲目的亂轉，說不定拖過時間，到時候水煙……

「我們只要這人魂三百年，就三百年，時間一到就放她走！」青靡聲又軟軟開口，說得誠摯動人，一手胡蘿蔔一手棒子才能占盡便宜！

俞平還在思索，阿書忽然站了出來大喊，「先讓我們見水煙！」

她渾身顫抖著，卻仍然勉強自己抬起頭來，直視著青靡聲，她抖著聲音，緊握著拳頭。「見了水煙之後，如果他沒事，我就當妳的劍靈！」

「阿書！」俞平大喝一聲，想要阻止阿書。

他們並不知道青彌生有沒有使詐，就算水煙還活著好了，又要怎麼確保三百年後，青彌生會願意放阿書自由？

「不要緊的，大叔……」阿書用力掐住自己掌心，她說什麼都不願意在這時候哭泣，她一直以來都是被保護的人，但是其實她真的很自責，如果水煙不是把徽章給了她，說不定就不會死了！

不！水煙大人絕對還沒死！我一定要去救他！

阿書心裡下了這樣斬釘截鐵的決定。

「好！讓妳先看又有何妨?我這就替你們引路！」青靡聲喜上眉梢，臉頰映照著豔色，她迫不及待看到哥哥的神情了，哥哥一定會很滿意的……

「跟我來吧！」青靡聲凌空飄了起來，縱著狂風，加快速度向前飛去，她知道以白虎的實力，可以很輕易就跟上自己。

而光是想到白虎心甘情願的跟著自己的模樣，青靡聲就忍不住掩著嘴笑。

他們在空中疾飛，破開了雲層，濕冷的雲氣拂過白虎巨大的身軀。冬末悶悶的聲音，傳聲進了肚子內的空間，「俞平，這絕對是個陷阱！我不能帶你去。」

俞平沒說話，只憂慮的看著阿書。

「就算是陷阱我也想去救水煙大人……他一定還活著……」阿書將膝蓋抱在胸前，坐在地上，強忍的淚滴這時候才落下眼眶。「說不定青靡聲真的能遵守她的承諾……大叔，我們三百年後再見！」

阿書哭得惶恐，說這話也不知道是要安慰自己，還是要安慰俞平?

……傻孩子。俞平只低低嘆氣。

「別哭了，眼睛都腫了。」俞平拍了拍阿書，把她額前的瀏海撥整齊。

阿書在他心中就像是女兒一樣，而水煙就像是多年的好友，他雖然總是對水煙不甚客氣，卻打從心底很感激他為自己的女兒所做的一切。

他也想阻止阿書送死，但是如果就此遠遁，他一輩子都沒有辦法原諒自己。

「我們見機行事吧！」他最後一句話，是對著冬末說的。

「……」冬末沒作聲。

牠現出真身飛在半空中，追著前方的青靡聲前去，背後的尾巴暴躁的甩了幾下之後，忽然緩緩的垂下來，露出若有所思的表情。

冬末暗暗下了一個決定——就算要違背禁制殺人，牠現在也顧不了這麼多了！

白虎不得傷害凡人，這是白虎一族，長久以來刻在骨血裡頭的禁制，從來沒有任何一隻白虎違背過，牠也不知道如果違背的話，下場會是什麼？

但是俞平又堅持要踏入陷阱，所以如果為了俞平……這一次牠跟青彌生，或許只能有一個存活！

真的很高興，是由你來飼養我。我們相伴了這麼久的時光，你雖然只是一個弱小的凡人，卻教會了我許多的事情，你——就像是我的父親一樣，就算要付出所有，我也要維護你。

冬末垂下了眼眸，跟青靡聲保持著一定的距離，繼續往前，一直到飛到了島嶼的最南邊，俞平他們的社區還在秋節當中，涼風吹來仍略微有點寒意，沒想到這裡卻還是溫暖濕潤的氣候。

他們跟著青靡聲飛進了一個洞窟，看起來裡面是簡單的室內，只有幾張簡單的桌椅，跟一個簡陋的床鋪，洞窟內還有一條通道，深不見底，不知道會通到哪裡去。

「你們想要的那個人，被我用法術禁錮起來，就在通道底端。」青靡聲站在通道入口旁，笑得一臉平靜，攤開了手，表示自己絕無耍詐！

「我要進去看！」阿書叫了起來，她只是一個經過短暫修煉的人魂，她沒有辦法依賴五感以外的感知能力，她也心急的想親眼見一眼水煙，跟他說一聲對不起，如果不是她……

「好啊！」青靡聲眨眨眼，神態狡黠。

「不行！通道狹隘，我們進去之後，等於坐困愁城。」冬末一掌推開了想前進的阿書，牠的體積龐大，如果進到了天然的堅固甬道，那只要牠一時片刻無法脫身，俞平就會有危險！

牠閉上了眼睛，身上的條紋逐漸亮起，照亮了整個寬敞的石室，光線一直往通道內前進，牠雖然沒有親眼所見，但是已經感受到水煙微弱的氣息，稱不上好，仍然命懸一線！

這樣就夠了！「水煙的確還活著！」牠張開眼睛，目中精光暴閃，「妳不要再耍什麼花樣！」

牠磨著牙齒，低聲嘶吼著，警告青靡聲接下來的動作。

「我怎麼會呢？」青靡聲向阿書招招手，把她引到了身前，又從口中吐出一把飛劍，劍身只有一寸長，通體銀亮，流光洩洩。

青靡聲又蹌踉一步，臉孔迅速轉換，露出了本來的男子相——她的哥哥迫不及待要出來了！

只見青彌生他睜開眼睛，臉上流露又驚又喜的神情，他與妹妹共享一個軀體跟神識——但沒想到，妹妹這麼快就把禮物送到眼前來了。

「哈哈哈，太好了！快成為我的劍靈吧！」

青彌生眼神瞬間改變，右手五指緊緊抓住阿書的腦袋，眼中射出一道精光，打在阿書的額頭上，準備將她的魂體改造成器靈，以滋養飛劍的靈識。

「啊！」阿書臉上神色痛苦，嘴巴大張，發出了無意義的呻吟聲，連一旁的俞平都轉過頭，不忍再看，他們竟然跟青彌生做了這樣的交易！就算是阿書的自我意願，他內心仍然痛心不已。

儀式持續了一小段時間，阿書歷經了痛苦的階段，神色開始平靜下來，平常靈巧的瞳孔逐漸失神，緩緩的轉動著眼珠，迷茫的看向眼前的青彌生，流露出信賴的模樣，彷彿這是她至親至愛的人……

她的眼神充滿了孺慕之情，就像一個被操控的靈魂！

「吼！」

忽然異動再生，冬末迅疾如風的撲向前，壓倒了正專心在儀式中的青彌生，尾巴一掃，把阿書的魂體重重撞開。

「我就知道你這小人一定耍花樣！」冬末狂吼出聲，前腳重重踏在青彌生身上，俯瞰著這個背信的小人！

青彌生臉上的神色扭曲，臉上的神色不斷交錯變化，「滾開！你竟然敢打斷我的鑄造儀式！」他翻身把白虎壓向石壁，用盡全力將拳頭揍向了冬末的肚子。

冬末吃痛怒吼一聲，立刻轉身伸出利爪，把青彌生的肩膀鑿穿，露出血肉淋淋的手骨，「你這小人！你根本不打算放阿書走！說什麼三百年？都是騙人的！」

牠看得很仔細，青彌生與阿書訂結的靈魂契約，根本沒有期限！

青彌生甚至為了要更好的操控阿書，不斷的強硬破壞她的記憶，洗清了她的原生性格跟情感，青彌生根本是只想要一具聽話的木偶！他們從一開始就不應該相信這個小人！

青彌生臉上浮出了女子面容，笑得咧開了嘴，如鬼魅般。「騙你們又怎麼樣？就算是我跟哥哥不要的東西，就只有被我們毀掉的下場！還給你們？你們在說笑話嗎？哈！」

青彌生的兩種性格在幾秒間互相轉換，看起來非常可怕，彼此爭奪著主宰的意識，也交換著兩種氣息——陰與陽、男與女不斷交錯。

「你！」冬末把青彌生按在石洞的牆上，雖然先前下了決定，內心仍然猶豫。

牠不知道這是不是一條不歸路，殺了青彌生，自己刻在骨血裡的禁制又會怎樣反噬？到時候，牠還能不能待在俞平身邊，看他日出日落的忙碌……

趁著冬末猶豫的時候，只一瞬間，青彌生掏出了腰間的利劍，一劍劃開了白虎的肚皮，一道深深的傷口瞬間鮮血淋漓，他又拿著劍揮舞在前方，暴戾的氣息湧出。

在打鬥中的這時候，哥哥的性格占了上風。

畢竟哥哥的性格還是屬於比較陽剛暴躁的那一端。

冬末深吸一口氣，迅速如雷電的出掌，卻被青彌生一手舞舞生風的長劍擋在外頭，甚至被劍花劃出許多道血痕，肉掌上都滲出細細密密的血絲。

牠貴為白虎，何曾受過這種對待？

冬末氣得不管不顧，硬衝上前，青彌生的長劍毫不客氣，立刻刺入了冬末的肩膀，但牠咬著牙，反掌把青彌生的身體殘暴的壓進了石室的地板，一時之間，青彌生渾身血肉模糊，竟比冬末還要傷重上數倍。

面容又在冬末眼前轉換了幾次，女子的面容此刻又占了上風。

換成青靡聲出來談判，她嬌聲說著，掌握了白虎一族最大的弱點——「白虎殺人，罪孽很深的，你確定你要替這個人魂擔罪責？你不怕漫長的一生都在後悔？你會老會死，將永遠失去神格。」

青靡聲指指俞平，很敏銳的知道冬末所在意的是誰。

而她會這樣有恃無恐的出現在神獸白虎的面前，就是因為已經抓準了神獸的習性。

白虎一族雖然性格驕縱自大、難以駕馭，連天界的人都必須退讓三分，但牠們卻必須嚴守千百年的族規——不得傷人！更不用說殺害人類了。

冬末聽到青靡聲說的話了，牠的爪子微微一縮，只用掌心重重壓制著眼前的人，梗著脖子說，「這不用你們管，你們是天界的禍害，我殺了你們，他們額手稱慶都還來不及！」

冬末內心很清楚，只要一天不殺這對兄妹，這件事情就一天無法結束。這傢伙的偏執比山高、比海深，連一直歌舞昇平的天界都能夠惡名昭彰，更別說來到幾乎任他屠宰的人間。

牠轉頭看向俞平，他的懷裡抱著阿書，看著自己的臉上充滿了焦急，這個笨蛋……為什麼水煙當初會把自己帶給他撫養呢？

這個笨蛋……為什麼水煙當初會把自己帶給他撫養呢？

又為什麼，一點都不覺得後悔呢？

冬末微微失神，看著底下的青靡聲是如此好整以暇，冬末想起了很久以前的事情，自己被裝在小小的竹籃內，茫然無措的喵喵叫著，牠還學不會人語、還學不會變化真身、這世界上的一切，對牠來說都是那麼陌生。

是那雙手，溫熱的那雙手。上頭還沾著一點青蔥跟麵粉，就這樣把自己捧了起來，放在心上，這輩子都沒有再放下過。

所以……如果是替俞平擔罪孽，那又有什麼不可以呢？

不！不可以這麼說，是自己想要跟在俞平身邊的，不管付出什麼代價，就算再也不能當白虎也沒關係，會老會死也無所謂，這是自己的覺悟啊！

牠轉過頭來，看著笑得志得意滿，一臉有恃無恐的青靡聲，牠朝天暴吼一聲，下定了決心，迅速下手，不再猶豫！爪子俐落的剖開了青彌生的胸膛，掏出了血淋淋的心臟。

這是為了俞平，還有為了自己，這一點小小的代價，牠還給得起！

牠張狂的怒吼，看著眼前將近斷氣，卻仍然不敢置信的青靡聲，「你瘋了嗎？白虎殺人……」冬末一巴掌打上了青靡聲的嘴，讓她的鼻腔嗆滿了血花。

冬末毫無猶豫，張嘴就吞下了青靡聲的心臟。

……再也回不去了。

沒辦法如自己想像中的，在那綠草如茵的家鄉打滾，只能永遠留在汙濁不堪的人間，一天天日出日落，呼吸著嘈雜的空氣，但是只要能夠在俞平身邊，又有什麼關係？

冬末心裡知道，自己將永世被逐出白虎一族了。

但是俞平放不下阿書，而牠……放不下俞平。

牠三兩口吞吃了青靡聲的心臟，慘澹的咧嘴一笑，「白虎不只會殺人，還會食人！」

牠的鼻息噴在青靡聲臉上，牠的聲音逐漸隱去，恐懼的情緒逐漸襲擊上來，粗壯的四肢悄悄顫抖著，牠卻用了更大的力氣壓住了青靡聲，掩飾自己的害怕。

「你……果真替他做到此……」青靡聲目瞪口呆不敢置信，在幾秒內睜大眼睛，不甘心的斷氣了，甚至因為心臟被神獸白虎給吃了，連帶著魂飛魄散，再也不存在這世界上，世上再無青彌生、青靡聲這一對一體雙魂的惡人。

冬末慢悠悠的站起身來，不讓自己的恐懼出現在臉上，牠不要俞平擔心，牠緩步走到了俞平旁，輕輕垂下了頭，「不會怎麼樣的，說不定什麼禁制的啊，根本都只是嚇唬人而已！」

俞平放下了阿書的人魂，立刻轉過身來攬著冬末的頭，把臉埋在牠毛茸茸的頸肩，聲音哀傷的說著，「你不能這麼做……」

當初水煙把冬末帶到他身邊，就已經交代過了，冬末不只是陰間的監察使者，更是白虎一族託付給陰間教養的幼獸。

不管怎麼樣，絕對，絕對不能讓牠傷人。

「我已經做了。」冬末抬起頭來，輕輕咬著俞平的領子，大大的腦袋向前磨蹭，把所有的恐懼跟驚慌都抹平在俞平身上，但在俞平的拍撫當中，牠的四肢仍然悄悄顫抖著。

「……水煙。」陷入半昏迷的阿書仍然無意識的喊著水煙的名字，她是真的想要保護一切對她好的人，也打從心底覺得很愧疚。

「沒事了，我們走吧！」冬末擺擺頭，示意俞平把阿書放到牠背上，牠駝著阿書的魂體，一步步往黑暗的通道走進去。

他們走了很久，在伸手不見五指的地道內，彷彿連時間都暫停了，只有俞平跟冬末的呼吸聲，輕輕的迴響在牆壁之間。

冬末本來可以用法力照亮這條道路，但是殺死青彌生的恐懼，讓牠一時之間無暇顧及其他事情，也因為鬆懈下來，而自顧自的胡思亂想著。

一直到俞平因為地上的石子而跌倒，悶悶哼了一聲，冬末才驚慌的回過神來，掃掃尾巴，照亮了眼前的通道。

只是這一亮，卻看見了更殘酷的事實！

他們都看見了，一團果凍狀的膠體，包覆住了支離破碎的肢體。俞平快速走向前，伸出手試圖喚醒曹永昇的意識。

果凍外圍籠罩著青彌生的靈力，淡淡的腥黑色正逐漸散去，冬末所感知到的生命氣息，也不斷的迅速消逝。

果凍內緩緩移出了一顆眼珠子，上頭留下了斑駁的血痕，內部的嘴唇直接張開，聲音氣若游絲，「快走！你們快走！」是曹永昇的聲音！

俞平抖著手，把掌心放上了曹永昇的頭頂，「沒事了，青彌生死了！」他看著逐漸散形的曹永昇，內心不敢置信，青彌生說他們還活著，卻是以這種狀態？

曹永昇根本只剩下最後一口氣了！

曹永昇吐出了好大一口氣，體內慢慢把水煙的身體排出來，只餘四肢的血肉跟殘破的胸膛，落到了俞平的眼前，這是他的靈體能力，明明很弱，卻在這時候派上了用場，保留了水煙剩餘的軀體。

「我……好累。」曹永昇氣若游絲。

「不要在這裡休息好嗎？我帶你回去！」俞平瞪大了眼睛，不讓眼中的淚落下來。

冬末也緊張的嘶吼了一聲，曹永昇的狀況已經接近灰飛煙滅，如果他在這裡失去意識了，那就真的完蛋了！

「沒關係的，俞大哥……我真的好累……」曹永昇的眼睛逐漸閉上，「讓我休息一下吧？」他吐出了一口長長的氣，分崩離析化成一點一點的螢光，穿越了石室的通道，往外飄升。

被他排出體內的水煙軀體，也因為曹永昇的消失而失去了溫度，慢慢冰冷直到僵硬，他們早就被青彌生殺死了，只是讓青彌生用術法勉強吊在這裡，所以冬末才會在外頭感受到他們微弱的氣息。

剛剛醒來的阿書正好看見這一幕，她眼裡都是曹永昇化成光亮的魂魄碎片，還有破碎的水煙軀體，她瘋狂的尖叫了起來，完全無法接受！「呀！」

俞平茫然失措的轉頭，正想安撫阿書。

「嘔——」一旁的冬末忽然嘔吐了起來，牠拱著身子，腹部不斷震動，往外一陣陣的狂嘔，嘴邊流出了血水，連鼻孔都竄出了血花，模樣非常痛苦。

「冬末！怎麼了？為什麼會這樣？」俞平衝上前，抱住龐大的冬末身軀，卻被冬末一掌拍開，向後跌倒在地上。

「不、不要！你不要靠近我！」冬末張口欲吐，似乎有什麼東西梗在牠喉嚨，讓牠瘋狂的伸出爪子撓抓著自己的喉頭，神色痛苦，一瞬間就血跡斑斑。

「冬末！讓我幫你好嗎？你別抓了！」俞平不死心，激動的喊著，又往前幾步，他不能眼睜睜看著冬末受傷，他一定要做些什麼。

「你滾開啊！」冬末用盡全力怒吼，腹部又一陣隆隆聲，牠張嘴發狂嘔吐。

可是還沒吐出東西，卻從嘴邊噴出了如噴泉的血水，牠一看俞平仍然想往自己這裡前進，乾脆轉動龐大的身軀，狂怒的往外竄，一路撞著石壁到達通道外邊，急速的躍下山崖，消失在這個杳無人煙的山區。

「冬末……」俞平聽著石洞轟隆隆的聲音，看著冬末遠去，被推開的感覺雖然非常心痛，但是他一點都不怪牠，只怪自己沒有能力保護冬末！

冬末在他心裡，一直都是水煙抱到他手上的幼小模樣，信賴的綠色眼睛，跟軟綿綿的溫熱身軀，一揮掌就能翻滾一大圈……

這一切的罪孽不該讓冬末自己承受啊！

他朝外大叫，卻毫無回音，好半晌之後，他無力的坐倒在地上，一旁是驚恐到痴呆的阿書，以及水煙的破碎的軀體跟四肢，還有四散的曹永昇。

他到底要怎麼辦？

他到底能怎麼辦？

他內心的念頭只有一個，冬末……你到底去哪裡了？

而這時往外狂奔的冬末，從山谷的另一邊上一躍而下，慌不擇路的牠，沒有注意到掩蓋了視線之後的草叢，就是一道湍急的瀑布，牠高高躍起，卻重重摔入水裡，在冰冷的水花中不斷掙扎。

水流湍急，不斷往下游前進，虛弱的牠，無力的被推著，一路撞過了大大小小的岩石，身上的傷卻比不上喉頭的異物感，隨著水位越來越深，牠的身形也越來越小，縮回了平日的貓狀。

牠慢慢停下掙扎，嘔吐感終於也隨之減輕，眼前卻已經來到了整個溪流中，最急速的瀑布地段。

沒想到反噬這麼強……什麼都抓不住了。白虎的血緣、俞平……

冬末閉上眼睛，放棄掙扎。

牠的身體失去重力，順著水流往下摔，深深摔入了一個水潭，牠吃了幾口水，心裡已經放棄，肉體卻不斷的在水中嗆咳著，四肢軟綿綿的沒有力氣，眼前越來越黑暗，身體越來越重……

「嘖嘖，男生好像就得惹點麻煩是嗎？」忽然，一道聲音響起。

一個年輕女人踏入水潭，面容不耐煩，一頭短髮削得俐落，一雙眼睛瞪得老大，臉蛋看起來非常嚴肅，只是腰肢纖細柔軟，配上合身的棉褲跟運動上衣，顯得十分有精神。

冬末掉落的水潭，水位相當深，她毫無猶豫的踏入水中，腳下一雙球鞋卻只濺濕了兩側的鞋邊，三兩下就從岸邊到達了冬末落水的地方。

她勾勾手，冬末被一圈藍色的光線包圍，軟綿綿的身體從水底緩緩浮出。

然後這名年輕女人，粗魯的提起了冬末的後腳，用了十成十的力道，狠狠的、毫不留情的……往冬末的背拍了下去。

濕淋淋的冬末吐出一口水，剛睜開眼眸，就看到熟悉又陌生的面孔，正惡狠狠的瞪著自己，張牙舞爪的怒罵，「兒子，你了不起啊？神獸都能讓你搞成落水貓！」

冬末揮舞著四肢，想趕緊逃離眼前凶神惡煞的掌管範圍，卻被女子的一雙手抓得死緊，警告的又用力拍了一下牠的屁股！

「給我安分點，不然就再把你扔下去！」

年輕女人撂下了狠話，提著冬末的後腳，拽著倒栽蔥，還被晃得暈陶陶的貓兒，自顧自地往岸邊走了。

第十章　神獸血緣

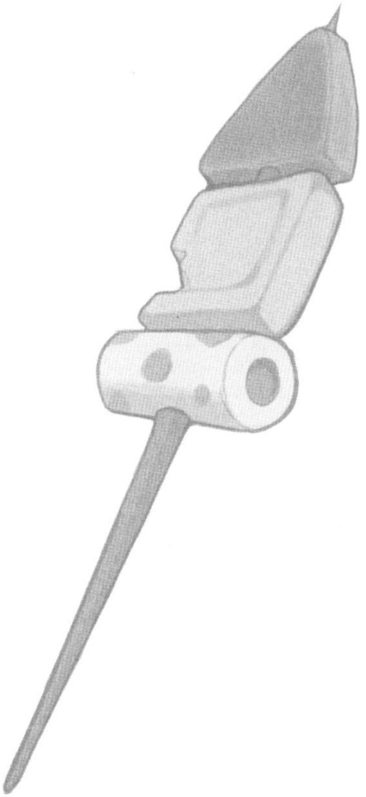

「小哥啊！你們在哪啊？聽見了回我一聲啊！」

就在俞平坐困愁城的時候，忽然一聲嬌脆的聲音，從通道外邊傳了進來，不斷由遠而近的呼喊，逐漸靠近俞平所在的地方。

俞平一愣，這不是胡藥湘的聲音嗎？

他趕緊站了起來，也跟著大喊，「胡藥湘我們在這！妳沒事吧？」他心裡還擔心著，把胡藥湘一個人留在食堂，不知道會不會發生什麼事情，最差的後果……

他搖搖頭，不再細想。還好胡藥湘沒事。

過了一會兒，胡藥湘扶著石壁的兩邊，慢慢走了進來，手裡提著一個翠綠色的布包，讓開了身後，一抹幾乎透明的魂魄，虛弱的站在她身後，臉上溫婉的笑著，形體卻淡到快要看不見。

「雲娘！」俞平大叫了一聲，又驚又喜，沒想到雲娘沒有隨著妖魄的被毀，而消失在世界上，他搖晃著身旁的阿書，要她趕緊看一看來人是誰。

「哇嗚……雲娘！真的是妳嗎？」阿書失神的雙眼逐漸凝聚焦點，還來不及站起身來，就向前撲向了雲娘，膝蓋撞上了石室凹凸不停的地面，抓住她的裙襬拚命抹眼淚，哭得好不委屈。

「你們……」雲娘也哽咽了起來，抱著阿書泣不成聲。

「嘖嘖，這就是植物妖跟動物妖的差別啊！」胡藥湘摸著下巴，不無羨慕的看著哭成一團的兩人，「別哭啦！植物妖的本體並不是本株，只要本株沒有死亡，幾乎都能夠重頭再來。」

雲娘抹抹臉頰的淚痕，對著俞平點頭，「您忘了？妾身的本株還好端端掛在店外的燈籠下呢！」

「真的是雲娘！嗚嗚……」阿書確認了眼前的人的確是雲娘，不顧一切的放聲大哭，她的哭聲又讓雲娘紅了眼眶，只得不斷拍撫著她，「傻孩子，我不是好端端的在這嗎？」

「咳咳！妳好端端的沒錯，但是妳們再繼續哭下去，我就真的要完蛋了！」一道耳熟的聲音，從胡藥湘提著的布包中悶悶的傳出來，顯示出聲音的主人現在相當苦悶，極度想要提醒眾人他的存在。

胡藥湘在俞平跟阿書瞪大的目光中，笑嘻嘻的打開布包，水煙的人頭一咕嚕滾了出來，上面的眼睛正炯炯有神的睜大，嘴裡還不斷碎念著，「輕一點輕一點，摔著了小爺我，妳賠得起嗎？」

阿書看著水煙的人頭在地上滾，又哇的一聲大哭起來，還抱起水煙的人頭東蹭西蹭，把一臉的鼻涕眼淚都抹在上頭。

「噁心死了！快把我放下！雲娘，快來救我！」水煙無法脫身，只能大呼小叫的呼喚雲娘過來。

雲娘卻只是紅著眼眶含笑，放任阿書哭泣，讓水煙又不斷的嚷叫著。

直到胡藥湘拿著針線，一針一針的仔細縫補著水煙的魂體，俞平還是不可置信，「你、你、你竟然沒死？」

他瞠目結舌，這傢伙怎麼好比九命怪貓，被青彌生拆成這樣七零八落的，都還活得好好的。

「呸呸呸，你少詛咒小爺我！」他的頭靠在胡藥湘的懷中，瞇著眼睛讓胡藥湘的針線在他頸邊一針針穿過。

「我也是差點就被青彌生給砍得魂飛魄散咧！還不是小爺我反應快，趕緊詐死，把靈識藏在腦袋內，這下子就得回去見我爺爺了！哈哈哈！果然被我猜中！他就想把我的頭帶給你們吧！」語末還哈哈大笑，得意得不得了。

「是是是，大爺您再繼續亂動下去，縫歪了哪個部位，我可不負責啊！」

胡藥湘以自身的皮毛為繡線，修煉的精氣為細針，慢慢縫補著水煙的軀體，當初四小狐會交給她撫養，看上的不是她的修為道行，而是她這一手幾乎可媲美死而復生的好技藝！

水煙掙扎了一下，只好安分了一點，乖乖不動，好讓胡藥湘繼續修補，繼續張口抱怨，「那個青彌生不知道怎麼的竟然會看上阿書，這回你們可惹上大傢伙了！」

「……青彌生死了，外邊的就是他的屍體。」俞平神色黯了下來，心裡擔心著冬末，不知道牠去了哪裡？

「……」水煙的臉色青白交接，「這下糟糕了。」

他站起剛剛縫補好的身體，歪歪斜斜不住的晃，他搖晃著嘗試走了幾步，嘆一口氣，「唉！果然倒退很多了。」他一轉圈，衣袖翻飛，身形緩緩縮小，變成一個十五歲般的少年。

「大人……你怎麼成了這副德行？」胡蘗湘掩嘴吃吃笑著，收起了手上的針線，貼身收藏著。

水煙瞪她一眼，「不行嗎？小爺我要返老還童！」

說是這樣說，水煙也是因為被青彌生拆得七零八落，元氣大傷，只好先把自己的修為倒退個幾百年，勉強維持這個樣子。

「那曹永昇呢？」俞平問起了大家都想知道的問題，如果水煙還活著，那曹永昇是不是……

「唉！你們都讓那青彌生欺騙了，他只是藉著術法，延續我們生前的最後一絲氣息罷了，勉勉強強讓曹永昇最後還能跟你們說上幾句話。」水煙蹲了下來，拾起了地上的魂魄碎片，不住的嘆息，「曹永昇缺心眼，我瀕死之際，還想著上來擋，結果我藏在頭顱內沒事，他反而……」

水煙看著手上的碎片嘆氣，這是曹永昇的魂魄因為受傷過重，最後崩解而成的碎片，拿在手指間，就像一片片的水晶般透明，閃爍著七彩的光芒。

他撿拾著地上的碎片，對大家下命令，「別光看啊！快幫忙找，有多少撿多少！」

水煙一聲令下，大家都在這個小小的通道底端石窟，摸索著滿地的水晶碎片。

根據水煙所說，如果碎片撿回來越多，曹永昇的靈魂就能越完整，但是忙了大半天，卻連比掌心還小的空瓶子都集不滿，只有三分之一閃爍著光芒。

阿書還蹲在地上，慢慢的用手心摸索著石縫間，試圖找出更多的碎片，被水煙喝止了，「好了！這樣也就夠了。雖然這個曹永昇，十世都得當個痴兒，但我會多多照看他的！」

「十世？」俞平接過了小瓶子，小心翼翼的看著瓶中閃爍的碎片。

「嗯，沒辦法了，這樣殘破的狀態，也只能讓他先入輪迴慢慢休養，我會幫他找個比較好的人家的，透過一世一世的自我療癒，他才有可能回到這世的狀態。」

輪迴對人魂來說，其實不全是壞事，畢竟每個人的魂魄或多或少都有點殘缺，只有透過這樣一世一世的圓滿，最後才有可能功德圓滿。

不過曹永昇這下子，真的得當十世不曉人事，成天笑呵呵、無憂無慮的痴兒了！

水煙又嘆一口氣，他快被青彌生大卸八塊的時候，這個傻小子還想著上來擋呢！也不想想自己本來的魂體就已經脆弱不堪，甚至保留著死前的模樣，不過這傢伙本來就是缺心眼，才會車禍了也想著把手掌腳掌都撿回了！

「水煙，我們被陰間禁止進入了。」

俞平看著水煙暗自傷神的模樣，也知道他必定想起了遇襲時的一些情況……

但事態緊急，他還是忍不住說了一聲，把冬末帶著他們想進入陰間避難，卻被擋在外頭，甚至在陰差名單上頭被除名的事情都說了。

「連阿書都成了陰間對外通緝的人魂。」

聽完了陰間的態度，以及那個不知道從哪裡拉來代打的陰官，水煙沉吟了一下，又轉了一圈，一身正式的黑長袍上身，頭頂上還有一頂黝黑的官帽，他摸摸自己盤起來的頭髮，喃喃抱怨。

如此正式的裝扮，配上他稚嫩的少年臉孔，實在看著令人發笑。他一扯過長的黑長袍，眼露精光，「最不喜歡穿成這樣啊！又醜又沒造型！不過小人當道，小爺我不出馬不行啊！」

看著雖然身形矮小，氣勢卻迴然一變的水煙，俞平忽然低下了頭，「水煙，我想能不能拜託你一件事情……」

「不用說了，幫你找冬末是吧？行！」

水煙一拍手上的扇子，這也是陰官的標準配備之一，雖然他之前都不太理會這些繁文縟節的，但是這次他要跨級告狀，得準備齊全一點！

免得被抓出什麼小辮子，一個御前失儀就夠他受的了！

「你一說青彌生死了，我就知道啦！那個惡貫滿盈的大壞人，絕對是冬末解決的，不過牠這次可惹上不小的麻煩了，我回去幫你打聽打聽，看有沒有誰知道牠的蹤跡吧！」

水煙張開了扇子，轉頭對著痴痴望著他的雲娘，「好了，妳這哭得我心都亂了。當年栽妳一株，可不是要妳拿命來賠！快回去吧你們！」

他揮揮扇子，一陣輕煙吹過眾人眼前，消失得無影無蹤。

洞窟內留下哭哭啼啼的雲娘，還有像隻無尾熊般攀附其上的阿書，以及還來不及說什麼的俞平。

「我們走吧！」胡藥湘左邊扯著俞平的手，右邊拉著雲娘，她笑嘻嘻的向俞平偷揩油，但身旁的男人渾然未覺，猶在內心擔心著冬末的去向。

回到店門口，天色已經接近半夜。

但俞平很驚訝的發現，平常很寂靜的社區，這會兒卻燈火通明。

方圓百里內的妖怪都聚集在食堂門口，扶老攜幼的，正在抽籤排隊——分派值勤組別！

根據他們的意思是說，關東煮食堂是鄰近妖怪自治區的「重要觀光景點」，要好好保存，就算店主人不在家，他們也要一肩扛下守衛食堂的責任！以免失去這個跟親朋好友吹噓的機會。

所以他們這會兒，正在動員全區的妖怪，號召大家成立「妖怪社區防衛隊」呢！這個妖怪社區防衛隊可不是開玩笑的，才半天多的時間而已，連第一批的隊長跟隊員都選出來了，而這隊長不是別人，就是擁有老資歷，優先搬進食堂對面的山精爸爸。

他劈啪響的拍著自己的胸膛，中氣十足的喊著，「俞師傅，您放心！就算您死得不能再透了，我們也會讓這裡繼續營業下去！」

……還真是謝謝你。

事實上，俞平徹底無語了好幾分鐘，真不知道該說這些妖怪們性格魯直，還是個個都缺心眼？但是現在他真的無心答謝他們。

他只揮揮手示意，讓胡藥湘負責把大家解散，就悶不吭聲的走進去。

「胡大姐，俞師傅這是怎麼了？啊那個青彌生呢？」山精爸爸一臉狐疑，他都拿出了傳家之寶——豬耙子（山精一家過去是務農的），準備要跟惡名遠播的青彌生好好一決勝負了！

「咳咳！俞平師傅心情不好，我們不要管他，大家可以散了，都做自己的事情去吧！」胡藥湘拍拍手，讓大家停止防衛隊的編列，各自回到自己的家中。

說實話她也很驚訝，妖怪是缺心眼沒錯，但是說實話，通常都是大難來時各自飛的沒良貨，更不用說像這樣跨種族之間的合作，根本難得一見。

大概是小哥做的飯菜太好吃了吧？

胡藥湘竊笑著轉頭，不理會後頭還在嚷嚷的山精爸爸。

她剛剛已經發出信息，讓四小狐準備回來，現在冬末不在這了，看來自己的本事不能再藏著掖著了，得好好守著食堂才行啊！

只是說實話，如果再來一個青彌生，恐怕十個她也不夠擋！只能祈求老天保佑，千萬別再讓哪個高人看上阿書啦！

她垮下臉，憂慮的看著食堂的紙燈籠，暈黃的燈光不知道被誰點了起來，如同過去的每一日般，溫暖著照亮食堂的階下。

唉！真希望能過上一點平靜的生活啊！她定了定神，又扯開笑容，往食堂內走進去，看看大家的狀況。

也因為水煙的五色鳥捎來了話——要俞平待在食堂內，等著他的消息。

所以俞平雖然焦慮萬分，很想立刻衝出去尋找冬末，還是不得不待在食堂內，他現在連家也不回了，晚上就打地鋪睡在食堂的餐桌下。

只要食堂外邊，稍微有點風吹草動，他就立刻跑出來喊著冬末的名字，沒幾天過去，人就消瘦了一圈，居民們看著他日夜恍惚的模樣，也紛紛靜默了許多，不再像往常那樣吵鬧了！

在這樣日夜等待的日子裡，妖怪們甚至自動自發的組成了巡邏小隊，在社區內早晚巡邏，他們想守候俞平的食堂，也想守候自己的家園。

他們甚至抓了幾個人類起來！

妖怪們認為這些人類探頭探腦的，也不知道想幹嘛？人類都不是什麼好胚子，看看那青彌生就知道了，包著一層人類的外皮，還不是滿肚子壞水！

氣氛有些微緊張跟騷動，還好在妖怪們差點動上私刑的時候，胡藥湘緊急趕到，做主放了他們走，還發了話，「你們不要草木皆兵，人家只是經過而已。」

「經過？這女的還探頭探腦看著俞平師傅呢！」一隻妖怪氣嚷嚷的抓著一名少婦往前一站！

「我、我只是想去那家食堂看看而已！」少婦掙扎著，看著身邊這些莫名其妙的人類，「難不成食堂開門了，還不准人家上門？」她看著胡藥湘質問。

「平時是可以的，現在是非常時期，就請妳多擔當了，改天再上門吧！」胡藥湘苦笑著，這些妖怪一團結起來，還真是……令人非常困擾啊。

「哪有這種事情！」少婦還想掙脫，嚷嚷了起來。

胡藥湘沒辦法，乾脆揮揮手，讓這些人類通通陷入昏睡。「都放了。俞平師傅沒事，你們把這些人類送到外邊去吧！」

「是……」妖怪們嘟噥著，卻也不敢違背狐妖的意思，將這些個人類嘿咻嘿咻的搬了出去。

「奇怪，那女的倒是有點眼熟，似乎跟……小哥還有點像呢！」胡藥湘喃喃唸著，搔搔頭，想不出所以然來，轉過身就把這件事情忘了。

現在的她天天往食堂裡跑，雲娘傷重，即將要閉關重新修煉真身，阿書又做不得什麼事情，只有她能陪著俞平上街採買跟洗洗刷刷。

四小狐暗地裡都不知道笑了她多少回，結果讓胡藥湘氣起來，乾脆通通一屁股的丟進修煉室裡面，還下了三重禁制，沒有大長進，誰都不准出來！

不管是誰來撒嬌都一樣！

這樣沉悶的日子過了月餘，食堂的生意越發得差了。

原因無他，俞平做得菜色實在是太難吃了，大家可以接受點了生魚片來了烤魷魚，甚至端碗排骨湯出來都可以，但是魷魚烤成黑炭、排骨湯內加了醋、丸子咬下去還有冰塊，這是怎麼一回事？

但是看著哀戚的俞平，誰也沒那個膽去跟大廚提上一提，只能摸摸鼻子，回家吃自己老婆煮的飯菜，雖然不太美味，但是至少吃了幾百年也習慣了！

直到有一天俞平獨自上了魚市，買了條大河豚回來，胡藥湘驚嚇的問了幾句，「小哥啊，你知道你買了什麼嗎？」

「知道，不就條魚。」俞平低著頭，專心的刮著魚身上的鱗片，下刀俐落，看得胡藥湘是心驚膽顫。

「你打算怎麼處理……這條魚？」胡藥湘抱著胸，站在俞平面前，認真的思考什麼時候要奪下他的菜刀。

「切了做燉飯。」自從冬末走了，俞平的話越發的少了。

……那是一條河豚啊大哥！你當作尋常鮭魚嗎？

「今天的晚餐還是我來吧？你去看看……冬末回來了沒？」胡藥湘臉上涎著笑臉，小心翼翼的拿下俞平手上的菜刀，哄著俞平去一旁。

她接過砧板上被剁著稀巴爛的河豚，上頭的毒液已經都滲了出來。

「今日公休今日公休，最近都要公休……」她冒著冷汗，劫後餘生的把門口的木牌子翻了一面，嘆一口氣，看著發愣的俞平，蕭索的模樣，實在讓人覺得非常寂寞啊。

「小哥。冬末不會有事的。」她走了過去，站在俞平身邊，俞平正望著食堂門口，不發一語。「牠可是神獸，只是貪玩離家去了，過些日子就回來了。」

她哄著失神落魄的俞平。

「妳不知道。」俞平看著門口，神情落寞的開口，「牠是我的小貓兒。牠剛來到我這的時候，我還想著不要牠，我養不好小孩，連隻貓都不想養。」

胡藥湘靜靜聽著。

「但是牠的眼神那麼純粹，映照著天光，只要、只要看一眼，就能讓人瘋魔，牠陪了我很多年，在人間的這些年，要是沒有牠……我早就發瘋了！」俞平喃喃念著。

「牠會回來的，相信我。」胡藥湘平穩的拍著俞平的肩膀。

「是我不好……是我沒照顧好牠。」俞平掩面，淚水從指縫中滑落。

「沒事的，不會有事的……」胡藥湘雙手放在俞平肩上，那一陣陣的抽動，也讓她心裡發酸了起來。

「牠傷得那麼重又怎麼會沒事？」俞平低聲吼著。

嘶啞的嗓子洩漏出他有多傷心，傷心那個從沒離開過自己的小傢伙，現在又在哪裡呢？

冬末……你在哪裡？有沒有睡飽穿暖？

自己無法守護好自己的女兒，現在連一手帶大的冬末都要失去了，自己到底還有什麼能力呢？就算完結了別人的執念，自己的執念卻是一樁大過一樁，這樣的自己，是否還有資格開著這樣一間食堂呢？

俞平陷入了深深的傷心。

只盼著冬末快快回來。

隨著冬末失蹤的天數越多，俞平就越來越焦急，但是天上地下，他又不知道要去那裡尋找冬末，更怕他離開食堂，反而錯過冬末回來的時候。

他守著食堂，哪裡都不敢去，卻也哪裡都想去。內心反覆的煎熬自己，但就在他幾乎萬念俱灰時，意外的訪客帶來了他意想不到的驚喜。

約莫距離冬末失蹤後的一個月，店內來了個女人，年紀大概二十有八，一頭短髮剪得相當短，只到耳上，她胸前一塊墨綠色的玉珮，雕刻成野獸的形狀——怎麼看都像隻白虎。

這年輕女子踩著俐落的步伐，快步走了進來，如入無人之境。

最重要的是，她懷中竟然抱著一隻讓俞平朝思暮想的咖啡色小貓。小貓臉蛋憔悴，身形消瘦，懶懶的癱在女子懷中，只能瞧得清楚一半的臉龐。

但是坐在門前發愣的俞平，仍然一眼就認出來了，這無精打采的小貓兒，就是他養了幾十年的冬末啊！

「冬末！」他跳起來，快手快腳地，就想接過年輕女子手中，那張著無神大眼的小貓，「冬末怎麼了？怎麼會瘦成這樣？是受傷了還是沒吃飯？」

俞平問出了連珠炮的問題，讓年輕女子搖搖頭笑了。

他不是不知好歹，也不是顧不得禮貌，就怕冬末這些日子受了什麼傷。

「什麼你的冬末？」年輕女子微微笑著，「我可是牠娘呢！叫我碎銀唄……」她把頭髮往耳後勾了勾，摸著懷中的咖啡色小貓，輕巧閃開了俞平的手，不清不重的問了一句，「我們家的冬末被你養成這樣，你說這該怎麼樣是好？」

俞平愣了一下，伸出去的手又縮回來，眼中滿懷愧疚地說，「這是我不好，但妳先跟我說吧！冬末怎麼了？」他眼巴巴的望著碎銀懷中的小貓，急切的模樣不言而喻。

「我只問你一句，其餘的事情我也不管了。」碎銀看著俞平，「你讓牠吃人了？」

「是……在與青彌生動上手時，牠吃了青彌生的心臟……」俞平愧疚的點點頭。

年輕女子看著俞平的敘述，心下頓時了然，難怪自己的兒子會變成這副德行？她只能嘆口氣，唉！說起來自己這個母親也是失職……

「按照道理來說，白虎只要食人之後，不死也要完蛋，這是牠們祖上立下的血訓，一代代都違背不得的。」

碎銀低下頭，流露出一個母親萬般不捨的神態，伸出手撓撓冬末的頭，懷中的小貓卻彷若無感，氣得她皺皺眉頭，又重重拍了兩下，惹來俞平心疼不已的眼神。

「不過冬末也不全然是白虎，依照你們人類的話，就是隻混種唄！這次真的撿回一條命啊，誰教牠什麼髒東西都吃。」

碎銀邊說，頭上的耳朵高高立起，兩頰旁的鬍鬚迅速往外生長，露出一張貓兒的臉龐。

俞平這才明白，原來冬末的母親是隻貓妖，愣愣發問，「所以這就是冬末逃過白虎懲罰的原因？」

讓俞平看了幾眼，她抖抖身子，又把耳朵跟鬍鬚收回來，「對！所以牠平常才會以貓身的型態出現在你眼前，不過……」

碎銀吊人胃口的頓了一下，又深深嘆口氣，「牠現在就真的是隻貓了。」

她抬起冬末的下巴，額頭上面威風凜凜的王字已經消失不見。

「這樣你還願意養牠嗎？」碎銀輕聲開口問。

碎銀心中也很糾結，冬末從神獸降為一般的野貓，她何嘗不想把牠留在身邊好好照顧？怎麼說也是自己親生的兒子嘛！

但是這小傢伙，從小沒跟在自己身邊，跟自己不親近不說，這次還是因為傷重瀕死，才讓自己有所感應，趕在鬼門關前，硬生生給拖了回來，不然算算時間，竟然也是幾十年沒見了！

更不要說，冬末昏迷的時候，嘴裡唸唸的就是這個人類的名字！

噯呦！當初可是生了一隻公貓啊，現在一看性別也沒錯，怎麼這個俞平，卻是個男的？

她暗自在心中糾葛了老半天，但是看俞平一臉急切的模樣，還有懷中兒子無神的模樣……一時不忍，還是伸出了手，把冬末放到了俞平手上。

沒想到一放過去，小傢伙就悶著頭只往俞平懷裡鑽，對自己這個親娘沒有一點留戀！「你這傢伙……」碎銀氣得咬牙切齒。

算了！男大不中留！

碎銀恨恨瞪了自家兒子一眼，俞平卻飛快的側身擋住牠的視線，彷彿生怕懷中的小貓，再受到一點傷害。

「您放心，我會好好照顧牠的！」俞平斬釘截鐵的保證著，他再也捨不得冬末受一點傷害了……「牠本來就是一隻貓，現在這樣，也很好。」

他低低的嘆息，如果冬末是一隻真正的貓，就不會受到這些傷害了。

「嗤。」碎銀訕訕的縮回手，又嗤了一聲。自家小子真是不給面子啊！不過眼前這叫俞平的，似乎真的毫不介意自家小子喪失神獸血統的事情，把冬末託給他，說不定比留在自己身邊要來得強。

思及此，她隨意的點點頭，「我走了啊，臭小子！有空再回來看媽啊！」她趁俞平還沒反應過來，趕緊伸手捏了一把冬末的臉頰。

俞平只能乾瞪眼睛，心想天底下哪有這樣的母親？

但是失而復得的喜悅又充滿了他的胸膛，他趕緊轉身，把冬末抱了進去，讓牠挑選冰櫃中的早就備齊的生魚片，今天晚餐要吃哪一種才好！

碎銀走出食堂之後，繞進了巷子內，摸摸脖子上的青色白虎玉珮，沉思許久，終究咬了咬牙，藏起臉上不捨的神情，一拽下來摔在地上，玉珮碎成了粉末。

這時遠在天界的一隻白虎，在睡夢中忽然被一聲驚雷炸起，嚇得牠從軟榻上跌在地上，狼狽不堪！

他本來要發怒的大吼大叫，卻一抬頭，看見了雷電的煙霧後面，是自己朝思暮想的女子面容，才趕緊搖身一變，以人形狀態開口。

「碎銀，妳終於願意見我了！妳現在在哪？我立刻去找妳！」他急切的撲向煙霧前，只恨自己不是朱雀一族，沒有辦法插上翅膀立刻飛到老婆身邊。

「免了。」被喚作碎銀的女子，神情冷淡，「你兒子冬末被人欺負了。」她看著掌心中的紋路，垂下有弧線的眼眸，不想看見煙霧中的男子。

「誰？誰敢欺負我冬三皖的兒子！他不想活了！」冬三皖跳了起來，一臉齜牙咧嘴，凶狠的擰出鼻子上的怒紋，大有現在就去找人拚命一樣！

「青彌生。」碎銀不冷不熱的說著。

果不其然，冬三皖噎住了一下，搓著手笑，還往後退了幾步，「他老娘可凶了，小冬末讓他欺負一下，要是沒事就算了。」

「沒事？你兒子把人家吃了，肉身沒了不打緊，還讓青彌生連還魂的機會都沒有，你說這下怎麼辦？」碎銀終於抬起頭來，正視這個過去老是慵慵懶懶，卻讓自己失望透頂的前老公。

「……什麼？」冬三皖臉色沉了下來，這下子真的不好跟那個瘋婆子交代了，更別說，如果讓她知道了，恐怕冬末都得全屍賠給她了——好讓她分屍洩恨！

「你自個打算吧！」碎銀拍拍手，眼前的煙霧逐漸化開，「對了！你兒子體內的白虎血緣褪得一乾二淨了，什麼意思你知道吧？」

「……那個瘋婆子，早就叫她管好自己兒子！」冬三皖咬牙切齒，眼見碎銀又要走了，趕忙撲過去煙霧邊，討好的笑，「碎銀，妳什麼時候要回來我身邊？不不不，只要妳願意見我一面就好了。」

碎銀聽見冬三皖可憐兮兮的這句話，終於抬起頭來，露出一個從剛剛至今最燦爛的笑容，迷得冬三皖快要連自己姓什麼都忘記了！

「貓，可是很有節操的動物。」

說完她就拍拍手，散去煙霧，自顧自地走了，只留下一個帥氣的背影給遠在天界的冬三皖，氣得他一掌揮散了空蕩蕩的煙霧。

「碎銀！」另一邊的冬三皖氣急敗壞的大叫，可惜吼再大聲，也吼不回自己的親親娘子，沒想到當年的一個誤會，可以讓自家老婆離家數十年，唉！早知道避嫌兩個字怎麼寫就好了……

不過！現在就先去替自家兒子解決麻煩吧！

冬三皖殺氣騰騰的站起來，略微伸了一個懶腰，一隻白色的大老虎威風凜凜的落地，眼珠子渾圓飽滿，邊緣微微上勾，帶著一股天生王者的氣息，這就是神獸不可侵犯的氣焰！

瘋婆子，妳不好好教兒子，就別怪我們白虎一族不客氣了吶！

冬末回來之後，雖然說不上性格大變，卻變得異常纏黏俞平。

甚至願意讓他裹在懷中，一起載著上檔車，不管是上市場採買還是出門、回家，進進出出的，就都要跟在他身邊。

也因為這樣，俞平越發的捨不得了，不管是什麼食材，只要冬末在市場瞄上一眼，說都不用說，他就立刻打包幾份回家！

山珍海味餐餐哄著冬末吃，從以前的一餐到現在的三餐外加宵夜，要是冬末沒節制一點，沒準就能胖得跟隻小豬一樣了。

可惜冬末自從回來之後，食慾可比小鳥，一天就意興闌珊的吃上幾口，剩下的時間通常都賴在俞平旁睡覺。

看著蜷成一團沉睡的冬末，俞平簡直疼得連心、肝、肺、脾、腎，都要一股腦掏出來了，冬末讓他養了數十年，從來沒有這麼無精打采過，也不跟他說話，每天就這樣憂鬱的吃睡，這還像當初那團驕傲到頂天的小毛球嗎？

一天晚上，俞平在自己的套房內，關了燈準備睡覺，冬末一如往常的睡在他的枕頭旁邊，他才剛蓋上被子，冬末沙啞的聲音就在黑暗中響起。

「我現在只是一隻尋常的貓了。」

牠的聲音冷冷清清，彷彿沒什麼大不了的，俞平卻聽得出，冬末藏在心底的震驚與疼痛，還有那些褪去驕傲之後的無助。

他沒有猶豫，照常蓋上了被子，還拉了一角給冬末。

「我也只是一個尋常的人類罷了。」

冬末沒有作聲，在黑暗當中，好半晌都只有一人一貓淺淺的呼吸聲，迴盪在彼此的鼻尖，忽然牠尖銳的喵了一聲，割破了在表面之下的濃厚傷心，竄進俞平的懷裡，嚎啕大哭，哭得好不悽慘。

「我不是冬末了，我是一隻貓我是一隻貓。」

牠哭得語無倫次。

「你就是冬末。」

俞平仍然維持著相同的姿勢，又把被子拉上來了一點，放著右手讓冬末枕著哭，左手一下下的拍撫著懷中的毛球。

回來就好了……回來就好了……

在冬末漸歇的哭聲當中，俞平又抱緊了一點，冬天開始來了，有你在身邊，真好。

歡迎回來，冬末。

修為大退的不只是冬末一人。

真身被毀的雲娘，雖然因為本株沒有受到損傷而撿回了一命，但是仍然虛弱不堪，一天沉思的時間長達十幾個小時，在阿書殷勤的照顧下，雖然逐漸復原，但是她還是決定要早日閉關。

畢竟她的花期差不多到來了，而她想讓水煙大人，看見自己真身上那最美麗的小花穗。

所以阿書的術法教學課，就落到了常跟她一起廝混的四小狐身上，剛好阿書的課程進度，也接近到要進入戰鬥的實戰技能學習部分。

在這方面，從小到大，逃難逃得很有經驗的四小狐，可是非常適合的教學老師跟切磋夥伴！

仔細說起來，四小狐修練的歲月比阿書高，但是因為她們貪玩不長進，鑽研修容之術比施咒打架還要認真，這下子臨危受命，她們也只能各自拿出一點壓箱底，想要糊弄一下阿書。

不過沒想到阿書因為青彌生這次的事情，受到了相當大的刺激，不僅奮發向上，更把過去沒學通的術法通通融會貫通。

四小狐讓她差點打敗了幾次之後，也大受打擊，除了教她的時間以外，就是翻著古籍，不斷的自學——她們嫌胡藥湘教得太慢了。

（對此胡藥湘表示：過去百年我都是這樣教妳們的，怎麼就沒聽妳們有過意見？）

四小狐加上阿書，自此之後，就常常在二手書店內的修練室，不斷的切磋對戰，幾個小朋友都心高氣傲，連阿書都因為雲娘過去的驕寵，而不願意吭上一聲，好向四小狐示弱，常常打得滿室生塵，屋梁不斷簌簌抖著。

也好在胡藥湘的廚藝雖然很糟糕，結界卻學得不錯，總算沒有讓她們在社區內惹出太大騷動，也沒有拆了哪棟民宅。

這樣的結果胡藥湘也是樂見其成，她又有了更多的時間，可以天天往食堂跑，冬末回來了，俞平的廚藝又恢復到往常的水準，甚至煮出會讓人吃了流眼淚的華麗料理。

食堂內少了阿書的幫忙，倒是多了一個胡藥湘，端進端出的，妖怪們聞到了香氣，呼朋引伴的上門，客人們又逐漸多了起來，好不熱鬧。

胡藥湘的企圖有如司馬昭之心，路人皆知。

但俞平就是缺條神經，結過婚連小孩子都養到大學的他，這次卻彷彿老僧入定一般，對於胡藥湘的萬般討好視而不見。

只是他看不見，還有別人看得見，尤其是冬末，就特別討厭胡藥湘，每每她想靠近俞平一點，就立刻張牙舞爪的阻止她，想讓胡藥湘離自己的俞平越遠越好！

在俞平轉過身看不到的地方，這一妖一貓，不知道鬥法過幾百次了，好在冬末的食物都是俞平親手準備的，不然冬末包準被胡藥湘毒得軟綿綿，幾天下不了床。

不過冬末也不是吃素的，在牠的看守之下，胡藥湘天天往食堂跑，卻只能端端碟子、送送菜什麼的，淪落為免錢的服務生不說，還連俞平的一根手指都摸不到，氣得胡藥湘幾乎快腦溢血。

現在的冬末雖然就像隻尋常的野貓，但是牠倒也看開了，每天自得其樂的吃飽睡、睡飽吃。

在俞平不用本錢的養法下，一陣子之後，又回復到原本圓滾滾的模樣，皮毛一整個油亮油亮，隱去了本來的王字圖騰，越發像是一隻家養的寵物了！

看過的妖怪都不得不打趣上一句，「俞師傅啊！你養的是貓還是豬啊？」

俞平總是寵溺的一笑，伸手揉揉架上翻肚子酣睡的冬末，偶爾又遞上一疊裝滿柴魚片花的小碟子，讓冬末當作零嘴吃。

在這樣和緩的日子中，俞平心底還惦記著水煙，不知道他回到陰間之後，現在怎麼樣呢？當初陰間那樣決絕的拒絕他們入境，現在又會怎麼對待水煙呢？

又過了好些時日，回到陰間的水煙，在一天傍晚，俞平正準備開始營業的時候，站到了食堂門口，把木牌子一翻，翻到今日公休的那一天，引起了各方妖怪在門外的大聲哀號。

不過不管是多慘烈的哀號聲，水煙通通當作沒聽到，他恢復了本來的面貌，不再是少年郎的模樣，一身卻仍然是那正式的黑長袍，只是收起了官帽，對著等候他已久的俞平兩手一攤。

「好消息、壞消息各一個。你要先聽哪一個？」

俞平放下了手上的竹輪，「好消息。」他心中的大石頭終於落地，其實水煙能夠完完整整的回來，就已經是最好的好消息了。

「好。」水煙乾淨俐落的一甩扇。

「好消息是青彌生他那個也有病的母親解決了，你們闖了一趟海上仙山是吧？兩個傻到頭殼壞去的天兵天將，死死護著，把青彌生為惡人間的消息傳到殿上去了！」

俞平沉吟著點頭，沒想到那兩個天兵天將，真的說到做到！

水煙扇子一甩，指向了酣睡中的冬末身上，「不說天兵天將，你們家冬末的老爸就夠威風了，親自押著青彌生他母親到天刑臺上，讓她受了剮體之刑，現在不僅失去了天人的神通，更受罰千世得在人間漂流輪迴。」

水煙拿起桌上的茶，咕嚕嚕的一口仰盡，「天界下了死命令了，千世輪迴，世世皆家破人亡，六道三界都不得干涉。」

說起來，青彌生會走到今天這個地步，他的母親萬死都難辭其咎。

「嗯，那壞消息呢？」俞平拿起茶壺，再度幫水煙斟滿了茶。

「壞消息是天界直接決定了你倆的處置——你跟阿書被踢出陰間了，你卸除了陰間委外的陰差身分，她則成為無主人魂，得等引路人來接引她，不過我想，等個幾百年都不會有人來吧？」

水煙重重放下杯子，敲響了桌子，恨恨的罵了一串，「小人當道！一看有機會就迫不及待的找空子鑽，說你縱容白虎，殺了尋常凡人，沒有資格再當陰差了！但是橫看豎看，青彌生都跟尋常凡人扯不上邊啊！他們是眼瞎了不成？」

這次的事情雖然天界下了處置，但是青彌生的娘親並不是孤身一人，她在三界也都是有些勢力的，這有些急巴巴的小人，就立刻上了讒言，希望青彌生的家族能夠看上他們，給些上天的機會。

也不想想，青彌生她娘被罰千世人間羈留，她的親族有出來說上一聲話嗎？何況據說青彌生還在天界的時候，可是刨了自己姪女的一雙眼睛呢！哼哼，這些小人只會見風轉舵，卻連審時度勢的能力都沒有。

水煙又拿起桌上的杯子，一仰而盡。

「……那我的女兒？」俞平本想再幫水煙斟一杯茶，手卻顫抖了起來。

他想起了自己與水煙打契約的最先原因，他的女兒是因墜樓而死，本該受反覆墜樓之苦，是依靠他的「點數」，以及水煙的打點，才能在陰間有個棲身之所。

那現在他不是陰差了，他的女兒呢？

「放心。」水煙拍拍俞平的肩膀，表示自己已有安排，「我要把她跟曹永昇一起送入輪迴，讓他們倆結伴去當雙生子，避人耳目。」

「那我還能見她一面嗎？」俞平激動的問，他撤除了陰差的身分，即將重入時序，過些年就漸漸老了，難道自己這輩子，都還是沒有機會見一次自己的女兒嗎？

水煙按住俞平正微微發顫的手，正視著俞平的眼睛，「別著急，我知道你做的這一切，都是為了想見她對吧？你還有三天的時間！」

「我來幫你們安排。」不管代價會是什麼。

水煙在心底默默的起誓。

第十一章　勇闖陰間

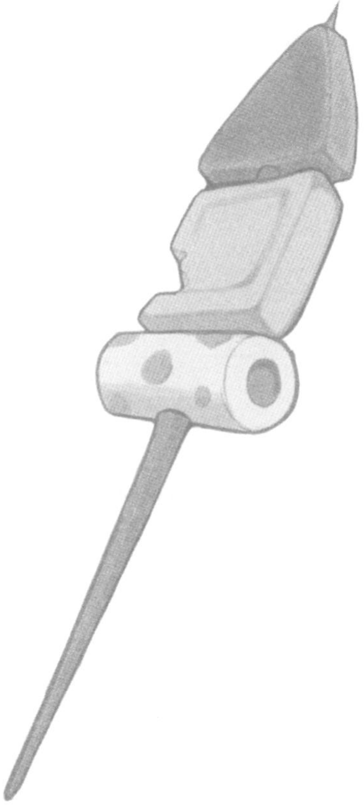

水煙直視著俞平的雙眼，內心不能不說沒有任何一絲猶豫的成分。他好好一個陰官，又何必開後門給俞平？但是這麼多年了，他光是蹭飯就不知道蹭了幾次，看著俞平一直一直很堅忍的蒐集點數，等待與自己女兒見面的那一天。

這一次是天界私自下了處置，但他欠俞平的，可還沒有償還清呢！他不懂一個做父親的心情，但他身為俞平的好友，可不能這樣坐視不管，在他能力範圍內，就算會被降級處罰，就算不能再當陰官了。

他也要帶俞平走這一趟，了卻他的心願！

「我們就用料理來決勝負吧！」

水煙下了決定，志得意滿的看著俞平，握緊了拳頭，彷彿胸有成竹。

他雖然已經復職回陰官的職位，但是如果要兵不血刃的帶著俞平一個大活人進陰間，這困難的程度，絕對大於把俞平掐死之後，直接牽他的亡魂回去。

所以這就是他猶豫數天之後，想出來的方法——從陰間正門一路闖進去。

而他們最有利的武器就是俞平的超華麗料理！

「你是小當家看太多了嗎？」俞平狐疑的看著水煙。他做的菜是不難吃沒錯，畢竟當年也是在他師傅底下，熬了十幾個年頭，才被准許出外開業。

但是用料理闖陰間？

「什麼是小當家？」水煙反問了一句，他最後一次的轉生是宋代的進士人魂，即便常來往人間，也不太注意人間時事，當然不懂俞平在說什麼。

他又隨即搖手，「我是認真的。陰間大大小小，從上到下，歲歲年年都在送往迎來……咳！我的意思是服務人魂轉生投胎，我們已經幾千年不識人間煙火了。」

在俞平半信半疑的眼神當中，水煙繼續說，「而你的料理，能夠傳遞亡者的情感，直到生者的心裡，也可以反過來，將你的執著與思念傳達給陰間的我們。只要陰間上到下都被你感動，你想做什麼都是手到擒來！」

「而這一次，你的任務就是替你自己消除執念——放馬過來，感動我們吧！」

水煙指指俞平自己，他會與俞平簽訂契約，其實是為了預先將執念過強的生魂納入管制，避免讓他死後入了魔道。不過俞平的確做得非常好，大大出乎他一開始的意料。

「我做得到嗎？」俞平想起女兒的面孔，雖然幾十年過去了，卻仍然非常清晰，真的好想再見她一次，好想知道，到底當時發生了什麼事情。

「相信你吧！這次就用你的料理，讓我們知道你的執念有多強悍！」

留下了這句話，水煙就不再說些什麼了。

他只喊著要俞平自己琢磨，他陰間的公務纏身，等待安排的人魂排成長長一條人龍了，他要俞平等到兩天後的夜晚，自己再來帶他下陰間。

俞平在水煙來訪之後，食堂外的木牌整整兩天沒動過，一直維持在公休的狀態，準備上門的妖怪來了又走，失望不已。

紛紛打探俞師傅是不是生病了還是怎麼著的？

那天晚上他想了很久，水煙給的提示模糊不清，他的料理一向是因地制宜，看準對象才出手下刀，但現在陰間的官差們何其多？

更不消說每個人的喜好都不同，他要怎麼樣才能出奇制勝？

但是既然水煙這麼說了，就一定有自己能幫得上忙的地方，自己沒有其他的專長，面對窮凶惡極的鬼怪更是一點辦法都沒有，但是唯有料理──唯一這件事情，傾注了自己一生的心血。

如果自己這一輩子只做這一件事情，或許真的能成功也不一定？

受到水煙的鼓勵，俞平終於意識到自己的能力所在，他從來沒有想過自己可以做到什麼程度，不過為了女兒，為了自己那一個未完的遺憾，這一次，他想試試看自己能走到哪裡！

沉思了一天一夜，俞平轉了轉肩膀，沒有跟任何人說一聲就起身外出，只有冬末踩在他肩上，跟著他一路外出，等到他回來的時候，手上多了一大袋的白糯米跟砂糖。

他什麼話都沒說，把頭巾綁上了額頭，從小倉庫中拉出了石磨，一個人紮起馬步，沉穩吐著氣息，一步一步磨著糯米。

在他有節奏的呼吸間，糯米們和著水，逐漸化成了乳色的糯米漿，一點一滴的流入大木桶中，潺潺的流水聲整夜都不絕於耳。

後來甚至因為店裡空間不夠了，俞平搬來食堂外頭來做，糯米漿曬乾之後，掰碎了就是一桶桶的糯米粉，潔白的糯米香氣，引來了附近大大小小的妖怪們圍觀。

看著俞平認真嚴謹的模樣，誰也沒敢說上一句話，連胡藥湘都不敢任意插手，只敢在一旁看著俞平屏氣凝神的忙著。

潔白的糯米粉再度加水，經過俞平精巧的手藝搓揉，一顆顆的分量相當的糰子，放入了預先準備好的沸水中翻滾著，隨著熱水上下沉浮，看得人食慾大開，恨不得搶先咬上一口。

小巧渾圓的糯米糰子，熟了之後撈起，一字排開在太陽底下，整齊的曬著，像是一隊隊整齊劃一的士兵，繼之在月色下閃爍著亮白的光澤。

準備好糰子之後，俞平又回身進入食堂內，自顧自搗鼓著不知名的醬汁。

好半晌過去，一陣陣甜香甜香的味道飄出來，引得所有妖怪們齊齊吞了一口口水，直愣愣的看著糯米糰子們，有些忍不住了，悄悄伸出爪子，卻被嚴守在一旁的冬末立即哈氣驅趕。

冬末翹高了尾巴，來回在糯米糰子前面走動，喝阻這些不安分的鄰居們，雖然牠現在只是尋常小貓，但是神獸白虎的餘威仍在，在牠的監視下，沒有任何一隻妖怪膽敢越雷池一步！

一直到俞平關了瓦斯爐，醬油的香氣已經飄得很遠很遠，鹹中帶甘甜的味道，讓整個社區的妖怪們都飢腸轆轆了起來，甚至擠滿了食堂外的空地，就巴望著俞平可以分大家一些好解解饞。

但是令大家失望的是，等到俞平收攏了所有的糯米糰子，一串串打包進入竹箱內，封得嚴嚴實實，都沒有分給大家一串。

他只是坐在臺階上，有一下沒一下的摸著冬末的皮毛，若有所思的看著月色發愣，露出若有所思的神情。

「看來你準備好了。」

月兒彎彎，走到天空頂端的時候，水煙如約出現在食堂前面，擋在俞平面前，遮住了竹箱內的糯米糰子，一大群妖怪眼看這下沒戲唱了，只好各自鬨哄哄的散去。

臨走前還紛紛回頭張望，看俞師傅是不是會留幾串在食堂內，他們好趕緊去跟胡藥湘預約。

「看吧！你的料理可是對眾生都有著致命吸引力呢！」水煙似笑非笑的眨眼。

俞平沒搭理他，只是站起身來，兩手提起了大竹箱，背後還背著一個大布包，不發一語，示意他是不是該走了？

看著俞平催促的神情，「好好好！我們這就走！」水煙一甩扇，食堂前的地板，緩緩從地上立起了一座小銅門，上頭的花色跟陰間正門無一不像。

水煙自豪的笑了一下，「小爺我復職之後，要搞點捷徑也是很合理的！」他這次大難不死，雖然保不住俞平，但是好歹也是從文書員回到了三等陰官啊！

他以扇代手，敲敲銅門，小門應聲而開，露出裡面黑森森的通道，「走吧？」他走在前頭，率先跨過了門檻，走了進去。

俞平沒有任何猶豫，提著兩大箱竹籠，也跟著踩過門口，一隻咖啡色的小貓，翹著尾巴，輕輕巧巧，後腿用力，身軀飛越過了門檻。

一人魂、一凡人、一貓兒，正式踏入陰間，勇闖地府。

他們一踏上了前往陰間的道路，背後的銅門立刻無聲無息的關上，眼前兩把刀劍，錚的一聲，交叉在他們面前，同聲喝道，「來者何人？為何無故擅闖陰間？」

俞平抬頭一看，兩名陰差，穿著整齊的灰色長袍，一左一右的阻攔他們的去路，不僅動作整齊劃一，連臉孔都異常相向，就像是一個人在鏡中的左右兩面一樣。

「現在就看你的囉！」水煙讓道一旁，揮揮扇子，欣賞兩旁燦開的曼珠沙華，紅得那樣鮮豔、開得那樣狂放，彷彿沒有明天一般。

現在恰好是曼珠沙華盛開的季節，「見花不見葉，生死兩相別。」

好詞好詞，水煙自在的吟詩，這可是他第一次回陰間，可以如此悠哉呢！以前光忙著趕路，可沒好好的看過曼珠沙華一次。

俞平不作聲，放下了手上沉甸甸的竹箱，打開了右手邊的那個蓋子，拿起了兩串糯米糰子，分別遞給了左右陰差。

「大哥，請你們吃吃看。」

他聲線平靜，臉上神色無變，到這個時候了，他也只能硬著頭皮上了！用料理決勝負聽起來雖然兒戲，但是他相信水煙。

左右陰差對看一眼，他們在陰間的層級低下，只能負責看顧彼岸橋的橋端，但是在陰間的領域當中，也算是永遠不死不滅的魂體，除非有大神通的人親自來收他們，不然是絕對不會有什麼危險的。「諒你們也變不出什麼花樣，拿來吧！」

所以，吃串丸子又有何妨呢？

左右陰差整齊的張開了嘴，啊一聲的吃下了第一顆糰子，糯米的香氣，佐上醬油的甘甜，在他們口中，反覆咀嚼，卻越咬越香，融入了唇齒之間。

「你們……」

左右陰差對看一眼，心中都大呼不好！中招了！他們吞了一口口水，竹籤上只剩下兩顆了，這種驚世的美味，夾雜著強大的執念，實在是……

「能不能再來一串？」他們異口同聲的喊出來。

「行！」水煙俐落的一揮扇，擋在他們跟俞平中間，「放我們過去，就再給你們兩串！」

俞平暗自瞄一眼竹箱，好在他連夜做得夠多！不然水煙也沒想到事先跟他通個氣，到底這陰間有多少人啊？

左右陰差臉部扭曲了一下，三兩口吃掉了最後兩顆糰子，還是忍不住放下刀劍，老老實實的說了，「放你們過去可以，但是我們還是得通報上頭，不能隱瞞。」

這是他們的底線，也是不可違背的天職，再來十串糰子也沒得談！呃……應該吧？左右陰差各捏了一把冷汗，暗自祈禱水煙千萬不要再為難他們了！

好在水煙沒說啥，只點點頭，讓俞平再拿出了兩串糰子，就這樣交換了第一道彼岸橋的關卡通行。

等到他們在燦爛的曼珠沙華中步行而過，彼岸橋的橋端隱隱在身後落下，背後兩個陰差哭得震天價響——糰子走了啊！他們以後吃不到怎麼辦啊？

俞平忍不住回頭，低聲說了一句，「你這樣的給法，最後不夠怎麼辦？」

水煙甩甩袖子，他現在剛剛復職，上頭盯得緊，每天都要穿這身正式的黑長袍，黑得他臉黑心也煩！

他沒好氣的對俞平說，「你當作天天都有人闖陰間啊？門口那關過完之後，還剩兩關，你記得最後留個幾串就行了！」

「這樣可能會剩很多……」俞平又看了一眼竹箱，暗嘆好像做太多了！現在提得手痠也沒人可以替手，水煙是不用想會來幫自己了！

「不不不，絕對不會剩。」水煙咧開嘴，身後傳來陣陣呼嘯的風聲，聲音中夾雜的犬隻的吠叫，由遠而近，似乎正在接近他們！

「因為現在就要派上用場啦！快撒快撒！」

水煙原地作勢跑了兩下，指使俞平開始丟糰子，然後邊丟邊跑，兩人一路狂奔，在空曠的道路上不斷跑著。

聲音越來越靠近，大批的狗兒汪汪汪的狂吠，逐漸追了過來，俞平大驚，顧不得幫狗兒拔竹籤了，一串串的糰子就這樣丟出去，狗兒邊吃邊追，卻還是越來越接近，就快要咬到他們了！

「這些到底是什麼？」俞平邊丟丸子邊喘氣，已經可以明顯看到狗兒的模樣了，牠們三顆頭共用一狗身，面目猙獰，牙齒外露，身材健壯，明擺著誰被咬上一口誰就完蛋！

現在嘴裡雖然咬的是糰子，但是待會可能就要咬上他們的大腿了！

「地、地獄犬啊！」缺乏運動的水煙已經開始上氣不接下氣，努力翻了個白眼，好像是在罵俞平怎麼會問這麼沒有常識的問題？

「陰間也有這種東西？」俞平再度大驚，聽見惡名昭彰的地獄犬，手上丟的速度更加飛快，一魂一人都已經自顧不暇，只剩下冬末小跑步的跟在他們身旁，輕盈的跳躍讓人好不羨慕！

「不知道哪一任的閻羅王發神經，說要跟西方借兩隻來養著觀賞，誰知道牠們在這沒天敵，幾代之後就生出這麼一大群！現在是陰間第二道關卡的守衛啦！」

水煙扯著俞平的手，眼前一道城門大開，上面的城牌龍飛鳳舞的寫著「陰間人魂轄區」幾字。

水煙一看大喜，「到了到了！」他趕緊扯著俞平快步走進了居住區。

這裡是給排隊的人魂預備停留的地方，路上的人魂來來去去，他們混在其中，地獄犬則自動自發的留在外頭，只是吠聲不斷，引起了人魂的短暫騷動。

這裡為了預防地獄犬們，會對人魂造成永久性損傷，所以並沒有發給牠們進入的權限，是可以短暫鬆一口氣的地方。

兩旁的房宅都灰濛濛的一片，樓層也不高，約莫四到五層，人魂們如常的交談，偶爾抬起頭來，看向天上，眼神中似乎有些渴求，也似乎在等待著什麼。

俞平跟水煙低著頭，隔著一尺，不緊不慢的前後走著。

水煙特地壓低聲音，向第一次下陰間的俞平解釋，「在這裡的人魂，都在等待著前生的家人捎些隻字片語過來，所以總望著天空，走路不看路的，你小心被撞啊！」

「喔喔。」俞平閃過了一個看著天空走路的老婦，繼續緊跟著水煙。

他們走著走著，一張照片就從天空飄下來，不偏不倚的落在俞平眼前，俞平伸手要撿，卻被水煙一甩扇子擋住了。

「不可以撿嗎？」俞平不明所以。

「不是你的前生，你撿了做啥？」水煙撇撇嘴，抬腿跨過，「包準不知道是哪個冒失鬼的家屬，沒寫名字也不蓋章，飄了下來也不知道給誰，這個月負責掃街的陰差又要滿陰間找人了！」

「……這麼人性化？」俞平的嘴角抽了抽，他雖然是陰間的委外陰差，其實從來沒下來過，因為也沒這個需要，問他有沒有對陰間有過些什麼幻想？

說實在還真的有！

他還真的以為陰間這裡有刀山劍海，油鍋數百架，一下來就可以看到滿地哀號的殘破魂體呢！

看出俞平心中所想，水煙拿起扇子敲敲他腦袋，「沒這回事，你當作陰間的人有虐待癖好，沒事虐待人魂來尋自個開心？」

他停了一下，想起人間的諸多傳說，也忍不住笑了，「事實上，這裡什麼都沒有，就是個中繼站罷了，這一世結束了，那就來這裡準備下一世。」

「那拔舌頭？炸油鍋？爬劍山？」俞平好奇的又反問。

水煙頓時駭笑，連連搖頭，「沒有，通通沒有。」他搧搧扇子，「我說過了吧？人魂靠著輪迴投胎的一世世，逐漸修補靈魂當中的缺失。譬如說你這一輩子殺狗虐貓，就是你的靈魂當中，缺乏那一點同理心。」

水煙咧開嘴一笑，「所以下一世就讓你變成貓跟狗，被人家開腸破肚，教教你學會同理心。不過這不是懲罰，也不是因果報應。」

他施施然往前走，「是幫助你找回你缺少的部分。畢竟感同身受是最容易的方式。你缺少了慈悲、包容、接納、知足等等特點，通通都會有各自相對應的命運，讓你的魂體越來越圓滿。」

「那要是最後圓滿了呢？」

水煙搔搔頭，不負責任地說，「大概成佛唄！不過這沒這麼簡單啦，大多數的人只是不斷在輪迴中犯下錯誤，不懂得反省永遠不會成長。」

他忽然轉頭咬牙切齒，「不過你放心好了，圓滿之後，絕對不是去跟天上那群作伴就對了！」想到現在的那群皇親國戚，就讓他心裡有氣！

「嗯。」俞平受教的點點頭。

俞平一路跟著水煙往前走，越走人煙越稀少，從兩旁的建築物看起來，他們似乎是走向陰間的郊外去了。

「你女兒在大牢裡。」水煙嘆口氣。

陰間什麼罰則都沒有，卻是自盡要罰得重，因為一世生而為人，就是要好好填補靈魂中缺失的部分，那你天不管地不顧的自我了結，就是違逆的整個輪迴的道。

要是世世都這樣搞，那這個人魂不僅沒在人生中學到什麼，甚至還會缺失越來越多部分，最後灰飛煙滅，連個渣渣都不剩。

這也是為什麼自盡的人，死後要在陰間反覆受苦的原因，避免他來生再來這一遭，搞得你苦我也苦囉！

不過俞平看不開，當初與水煙訂定的契約，就咬死這點，不肯讓女兒受苦，他也只好從善如流，把他的女兒關在地牢，好生奉養著，求爺爺告奶奶的，希望她來世不要再提早走上黃泉路。

「她……還好嗎？」俞平跟水煙打了契約幾十年了，反反覆覆，來來去去，就是只會問這一句。

水煙翻翻白眼，內心無奈，「好！怎麼不好，她一個人一間，包準不讓別人騷擾，每天好茶好飯奉著呢！只差沒成了小爺我的姑奶奶了呢！」

在水煙的「導覽」當中，他們走到了郊外的一座大城，更正確的來說，這是一座巨大的塔樓，由下往上，越底部的樓層越寬廣，越尖端的樓層越狹隘。

塔樓前端也掛著牌子，這次簡單俐落寫著「大牢」兩字，配上塔外肅穆的氣息，看得俞平深深皺起了眉頭。

塔前有兩個陰差，橫眉豎目的看著他們，兩人一手槍一手矛，左右開弓，指著水煙跟俞平的鼻頭，不過很有默契的，另一隻手都死死摀住了自己的嘴巴，從手掌中糊著聲音朝外大喊。

「你們快走！不然休怪我們不客氣了！」

水煙照樣揮揮扇子，又要俞平出馬解決，不過這次兩串糯米糰子一拿出來，陰差們就驚恐的瞪大眼睛，拚命倒退，連連搖頭。

「不吃不吃！」大有要摀著嘴一輩子死守塔前的氣勢。

「唷！消息傳到這裡來了啊？」水煙興致盎然在陰差旁邊轉圈，看著他們打死不敢把手放下來的樣子，忍不住捧腹大笑。

俞平倒是沒什麼反應，收回了手上的糯米糰子，把身後一直背了一路的布包拿下來，打開之後，赫然是個小鐵架，他不疾不徐的放入相思樹的木炭。

「扇子借我。」他還跟水煙借來了扇子。

「哦？」水煙來了興趣，二話不說就把扇子遞過去。「給。」

俞平點燃了木炭，不輕不重的開始搧風，沒幾分鐘過去，燒紅的木炭，就在小鐵架下的盆子內劈啪劈啪的燃燒著，俞平再拿出幾串糯米糰子，放到架子上，開始烘烤。

扇子搧啊搧的，陰差的臉色越來越難看。

因為這下子這股香味，從糯米糰子上越燃越香，化成一道輕煙，鑽進了眾人的鼻尖，不只是陰差們梗著喉頭吞口水，連塔內被囚禁的人魂，都開始騷動不安了。

當你脫去肉身之後，情感的渲染，是最最可怕的。

牢

水煙滿意的在一旁看著，這也是當初阿書來到陰間，可以用哭聲擾得陰間秩序大亂的原因，俞平的料理天下無雙，靠的不是高超的技巧，而是他的本心。

他堅信料理可以撫慰人心的無上信念，再配上他幾十年來的強大執念，這又哪是這些不食人間煙火的陰差，可以阻擋的呢？

眼前的兩位陰差淚流滿面的哭泣著，他們的鼻腔已經完全被微焦的香氣征服，甜入舌尖的執念，俞平幾十年來的努力，思念自家女兒的心情，以及絕不可能退縮的執著……

「嗚嗚嗚，你們為什麼要這樣害我們啦？我們不想去掃街啊……」

兩個陰差邊哭，邊衝上前，奪下了鐵架上烘烤到彈牙的糯米糰子，一口一顆，嚎啕大哭，一旁看的人還以為這糰子有多難吃！

「嘿嘿！成了！我們走囉！」

水煙滿意的點頭，不理會那兩個正在搶食的陰差，推著俞平往前走，冬末跳上了俞平的肩膀，他們一行人拾階而上，爬了七七四十九層，兩人都有點暈頭轉向了。

一直到最高的塔上，水煙站在最後一道鐵門前，「喏，這是最高的一層，也只有一間，裡面就關著你女兒！」

俞平手心微微沁著汗，準備伸手推開大門。

「慢著！」忽然一個嬌滴滴的小女娃鑽了進來，看著就六、七歲左右。

她擋在俞平面前，還擺出了兩節如蓮藕般胖乎乎的手臂，振振有詞，「你們擅闖陰間，該當何罪？」只是嚴厲的字句，卻是奶聲奶氣的說著。

「唔?那妳又是誰啊？」水煙走上前，用扇子抬起了小女娃的面容，左瞧右覷，不以為意的擺弄，「我在陰間這麼久了，也沒見過妳啊！」

「唐之殷，陰間第一七八九一號官差，註冊名號：水煙，現為三等陰官！」小女娃流利張口，雖然聲線像幼兒，卻俐落的背出了水煙最後一世的本名。

小女娃自信的一笑，圓滾滾的臉頰讓人很想上前捏上一把，「害怕了吧?我可是閻羅娘哦！」

水煙皺起了眉頭，這些資料去陰間列管府查查就有，說不定是哪隻妖怪跑到陰間來玩了，還閻羅娘咧！

誰不知道陰間已經幾千年沒換過主了！

「小孩子去旁邊玩沙去，我們大人辦正事，妳不要來亂。」水煙的扇子不客氣地往前戳戳戳，戳著小女娃的額頭，戳得小女娃倒退三步，嘟起了嘴巴生氣。

「我才不是小孩子！」小女娃尖叫一聲。

氣得鼓起腮幫子，胖乎乎的雙手一畫圓，水煙竟立刻被捆起來，像根竹竿一樣，咚的一聲被撞倒在地上，疼得他齜牙咧嘴，內心終於隱隱有些畏懼了。

「我是閻羅娘閻羅娘！」小女娃在原地跺腳，氣呼呼的伸出胖乎乎的食指，指著水煙的鼻頭罵。臉上還是一派天真，卻看得出來，幾乎被水煙氣壞了！

「那……閻羅娘，妳可以讓我見我女兒嗎？」俞平指指門內，他雖然不清楚小女娃的來歷，還是蹲了下來，雙眼與小女娃平視著。

「好哇！」

出乎意料的，女娃清脆的聲音應得相當爽快。

「我本來就是來幫叔叔的忙啊！因為『他』有說喔，這個傢伙是白痴，讓你自己進去就會害死你。」她側著頭，模樣嬌憨天真，指了指地上的水煙，還笑得一臉開心。

「妳才是白痴啦！」水煙被捆在地上，看似還不甘示弱的耍嘴皮子，但其實他腦筋轉得飛快，開始思索這個小女娃說的「他」，到底是誰？而且看現在的情況，她似乎沒有惡意，還要幫著俞平呢！

女娃被水煙一激，又想過去踢他兩腳！

俞平見狀趕緊擋下，開口發問，「為什麼會害死我呢？我只是想進去看我女兒而已。」

女娃搖搖手指，「沒有這麼簡單喔，你是一個大活人，能夠闖到這裡，是他睜一隻眼閉一隻眼，但是這個門裡面的靈壓，只要一瞬間就會把你——吼——壓扁喔！」女娃作勢張牙舞爪，卻笑得十分開心。

雖然還搞不清楚女娃口中的「他」到底是誰，但是俞平仍然慎重的看著女娃，「拜託妳了，我來這裡只想見她，沒有別的意思。」

俞平認真的說著，絲毫不把小女娃當成尋常孩童。

他的尊重換得了小女娃大大的笑臉，嘻嘻笑著。「既然叔叔都這樣說了，那我就只好幫你這個忙囉！」

她偷偷吐了吐舌頭，雖然這本來就是她此行的任務——他交代給她的！

「謝謝妳。」俞平滿懷感激的道謝。

小女娃推開了門，一溜煙的鑽了進去，什麼景象都還沒看見，門就關了起來，俞平跟水煙在外頭等啊等的，等了老半天，都還不見小女娃的蹤跡。

俞平不是沒嘗試要解開水煙身上無形的繩索。

但是因為看不見，所以也不知道從何下手，左翻右滾了幾次，都讓水煙吃得滿地上的煙塵，還拚命大呼小叫了起來。

最後俞平只得把他像木乃伊一樣擺正，兩人一起看著大門發呆。

「今天過後，她就要去投胎了嗎？」俞平低聲問著。

「嗯，本來是還得再拘個三百年左右，但是為了讓她避開刑罰，我就特地讓她跟曹永昇去作伴，當一對雙生子，時辰都算好了，比曹永昇先出生，她當姐姐，讓他多照顧那痴兒曹永昇一點。」

水煙沒好氣的瞥了一眼俞平，心想自己遇到他，怎麼老做一些違背規矩的事情，這件事要是真的被抓到，恐怕自己也得去城內幫人魂掃街了！

不，可能得趴在地上撿垃圾……

「那她……下輩子會開心嗎？」

「嗤，她不要再給我自我了斷就好了！我寫足了壽算六十載又三年，要是提前看到她，我就把她踢回去！管她要變成植物人還是半身不遂！」

事實上俞平的女兒已經是自盡的慣犯，次次都從輪迴中逃脫，面對沮喪跟挫折的時候，就選擇死亡逃避，這一世墜樓、上一世燒炭、再上一世上吊，往前就更不用數了，什麼死法都有，簡直千奇百怪，列出來都可以成了一本自盡大集了！

負責押解自盡人魂的陰差，每每看到她又茫茫然的飄來，就不得不頭痛一番！

只是說這些給俞平聽，又能怎麼樣呢？

只是憑空徒增他的痛苦罷了！

他只是恰好這一世跟他女兒有緣分，並不需要去替她擔下一世，甚至之後每一世的煩惱。

在水煙的胡思亂想當中，俞平一直很安靜，只是伸出了手，摸著右肩上的冬末，一下一下，不知道在想些什麼，也或許什麼都沒想。

終於走到了這裡啊……

忽然他們等待已久的大門終於再度被推開，小女娃卻哭喪著一張臉走出來，「叔叔，你的女兒叫俞桂芳對不對？」

俞平點點頭，不知道怎麼的，他的手隱隱發抖——因為知道結局而顫抖。

小女娃哇的一聲大哭，為自己失敗的任務而傷心，「她、她說她不想見你！我怎麼拜託她，她都不肯出來！嗚嗚嗚……」

她剛剛在裡面好說歹說，幾乎磨破了嘴皮，那個俞桂芳的人魂，就是坐在床沿，看著牆壁，口中只反覆一句話，「妳讓我爸走吧，我沒有臉見他。」

女娃年紀小，不懂什麼叫「沒有臉見人」，她只知道這是自己的第一次任務，如果失敗了，要怎麼跟「他」交代啦！女娃哭到岔氣，還坐在地上踢腿。

俞平愣了一下，頓時失笑，沒想到最後的結果是這樣。他拿出了竹箱內最後一串，僅剩的糯米糰子，遞到小女娃面前，「吃吧！這串特別甜，別哭了。」

他撒上了最後的甘甜醬汁。醬料瓶空了，他了無牽掛。

或許自己早就知道會是這種結果了吧？自己女兒的性子還會不了解嗎？

自己身為一個父親，卻讓嬌寵了十幾年的女兒在芳華正盛的時候，選擇自殺，其實他早就知道了，桂芳留下來的日記當中，一字一句都寫得清清楚楚。

太過早熟而愛上了有家室的男人，被拙劣的謊言欺騙，被沒有盡頭的感情綑綁，一輩子被一個人的寂寞束縛，最終絕望而死。

就算她沒有選擇自盡，也是會如花瓣落入土中一般——蒼白的凋零。

是嗎？桂芳？

自己這麼執著，只是不肯承認自己是一個失敗的父親罷了，現在走到這裡了，桂芳卻不想見自己，一定是因為負載著比自己更多的傷心與痛苦。

畢竟這麼多年，看了許多懷著執念的亡者，他也漸漸懂了他們的心情。就這樣放手吧？不要再追究了。

雖然這樣的結尾很遺憾，但是就放桂芳走吧，好好的去過下一世，忘記了一切，重頭再來，絕對有機會過得比這一世還要幸福的！

俞平站在大門外邊，好半晌才抬起頭來，向著門內低低的說了一句，「桂芳……妳記著，爸爸，永遠都是妳的靠山。爸爸，要走了啊。」

他嘆一口氣，轉頭就走。

裡頭的俞桂芳聽見了，低垂著頭痛哭，她一頭長髮覆蓋著前額，淚水不斷滑落，對不起對不起……爸爸，女兒對不起你……

俞桂芳咬住了唇瓣，不讓哭聲洩漏，下定決心，下一輩子，不管遇到什麼困難，怎麼樣都不可以放棄。

為了爸爸，怎麼樣都不可以放棄。

這是跟爸爸的約定。下輩子、下下輩子、下下下輩子都是。

等他們走下了塔樓，小女娃仍然哭得稀哩嘩啦，最後還是水煙變了戲法，才讓她破涕而笑，她高高興興的牽著俞平的手，「叔叔，你再做糯米糰子給我好不好？我也要帶給他吃吃看！」

她指指遠端的宮殿，讓水煙重重抖了一下，那可是閻王的辦公處所啊！這小女娃到底跟閻王有什麼關係？

「好啊！我再託水煙帶給妳吧！」俞平也很喜歡這個小女娃，抱起了她坐在手臂上，輕聲哄著。「下次再加上紅豆年糕吧！妳喜歡嗎？」

小女娃燦燦的雙眼大力點頭，等不及要回到他的身邊，去跟他炫耀自己又拐著了好吃的東西！

「叔叔，打勾勾。」她伸出手，執著的要俞平跟她立下契約。

「好。」俞平神情溫和，心底有種空蕩蕩的感覺，說不上來是悲是喜，「跟妳打勾勾。」

他的小尾指勾上了小女娃的手指，一瞬間金色的光亮籠罩在他身上，刺得他們一時之間只能緊緊閉著雙眼。

等這道光線散去之後，女娃已經消失在他們眼前，再也不見蹤影。俞平身上也套了一件黑色的長袍，就跟水煙身上的一模一樣！

他頭上飄下一張白紙契約，從空中緩緩落下，上頭白紙黑字寫著：俞平人魂，成為陰間委外二等陰官，享有陰間來去自如之權益，累積之功德轉為福報……

上面拉拉雜雜寫了一大串，俞平一路思緒紛亂的看到最底，赫然發現，自己的名字已經落款完畢，斬釘截鐵的簽在上頭了。

「為什麼？又選定了我。」他蠕動了一下唇瓣，竟然只能愣愣的反問，茫然的仰起頭來看著陰間的天空。

「因為叔叔是好人哦。」女娃嬌脆的聲音響起，「要成為陰官可不容易，得人品端正、性格穩重，一萬個裡都挑不到一個！我們放水讓你見俞桂芳一面，雖然最後沒成，但是還是希望你可以留下來嘛！」

她嘻嘻笑著，「怎麼樣？叔叔一起陪我們吧！」

俞平內心五味雜陳，這女娃就這樣又把自己拐進了陰間，自己替陰間做牛做馬了這麼多年，難道最後還是無法壽終正寢嗎……

但是一轉頭，看著兀自咬牙切齒的水煙，還有腳邊那站立起來，正一臉困惑的冬末，忽然……覺得這幾十年來的記憶，十分的鮮明啊。

鮮活得像是昨天才發生一樣，如果他的存在，可以幫助更多的人魂找到放下執念的方法，如果他能夠像是這些年來一樣，安安穩穩的開一間小食堂、陪伴著冬末，偶爾等著水煙來一趟……

或許、在自己的私心期盼中，等到桂芳轉世之後，自己還能去瞧上一眼，看她無憂無慮的長大，完結自己上一世失去的人生，如果接下陰間的職務，能夠有這麼多的想頭……

這樣，似乎也沒什麼不好。

他想通了，如釋重負，收下了這張薄紙，塞進口袋中。

一旁水煙的臉色卻由白轉黑，再轉到豔紅，然後氣憤的跺腳，「什麼世道啊？我才只是三等陰官，你、你、你憑什麼二等？比小爺我還高？」他氣得滿臉通紅，頭頂都要冒煙了！

「不對喔，你是五等陰差！」

半空中又傳來女娃的笑聲，鈴鈴作響，相當悅耳，卻讓水煙愣了一下，臉色再度七彩轉變，他扳著手指數，「一、二、三、四……老子連降七等啊！」

「原三等陰官水煙，因私自帶生魂闖入陰間，降職七等，降為五等陰差！[1]排職掃街一年，以示懲戒！」半空中的聲音不再是女娃的聲音，而是聲若鴻鐘的男子聲音，迴盪在天上，震懾了整個陰間。

1 陰間的職位為五等制度。五等陰差為最末等，一等陰差上可升五等陰官，一等陰官為首。其上還有各組判官，分別統領眾陰官，最頂則由閻王統一領管。

「是！」水煙立刻雙膝跪地，低頭伏地，這是閻王的聲音，他再生十個膽也不敢有意見，唉！掃街就掃街唄……

「嘻嘻嘻，誰叫你說我是小孩子！」女娃的聲音又現，笑得是一整個得意萬分。

「……」水煙頓時無語，孔老夫子說的對，唯小人與女子為難養也，這個來歷不明的女娃兩項全占，他怎麼就忘記老祖宗說的話了呢！

哭喪著臉的水煙，只能認命接下新的職位安排。

男子的聲音繼續在半空中迴盪，「二等陰官俞平，天界先前的處置我無從干涉，剔除你的陰差身分，實非萬不得已。但是我此次與你另外簽訂的聘書，你可還願意？」

俞平也跟著跪下，「俞平願意。」

「希望你此後能夠盡心盡力，幫助更多的人魂，放下生前的執念，重入輪迴，以使大道生生不息……你的女兒即將重入輪迴，她有她的命運，你且不必再掛懷。」

聲音慢慢散去，俞平低下了頭，這一切，到底是走到了終點還是回到了原點？但是或許，這就是自己存在的意義。

他輕輕開口，回答閻王的話，「是。」

第十二章　春暖花開

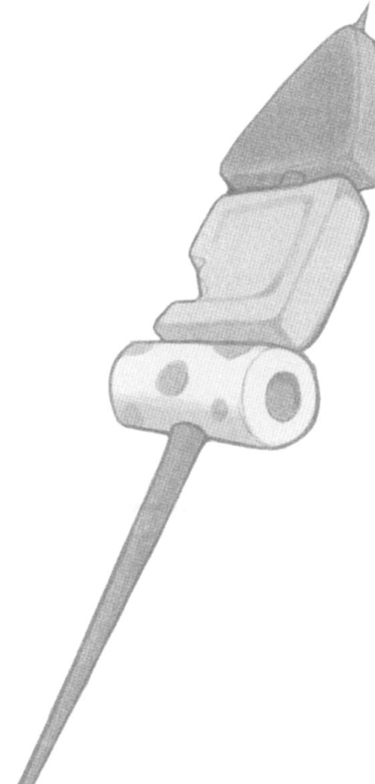

水煙手上拿著一張喜帖，心裡罵罵咧咧，這年頭的人越來越晚婚，所以一個不小心出了什麼意外，上頭的家屬還得搞一套冥婚，免得死後無人祭拜！

但是冥婚的雙方習俗多如牛毛不說，難道他們都沒想過問一下亡者的意思嗎？再不然也讓雙方事先見個面，看個電影嘛！就算先不要討論一人一魂怎麼看電影，這種高難度的問題，亂點鴛鴦譜不只會擾亂人魂的心情，還會造成陰間的公共垃圾啊！

「路上隨便撿個紅包袋就說是良緣，這習俗到底是哪一代流傳的？」他被迫穿上灰色長袍，手上張揚著一張正紅色的喜帖，因為他現在是陰差，連降七等，從陰官一路摔下來變陰差！

他剛剛從準備婚嫁的女方家中出來，被哭得一陣頭疼腦熱的，這女的人魂剛死不久，今年芳齡二十有八。

年紀輕輕的車禍死了，昨天才剛過百日，上頭的家屬，就急急忙忙替她物色一位人間的丈夫，好讓她的神主牌不至於流落在外，但是他們都沒想過，自家女兒怎麼肯嫁給喜帖中這個五十歲兼啤酒肚的中年男子呢？

你都五十歲了還跟人家撿什麼紅包袋啊，水煙氣得七竅生煙，又想起剛剛在女方家中，自己勸哄的話語……

「我說啊，反正妳再等也沒幾十年了，就先跟這個男的湊合湊合吧？」

水煙磨破嘴皮，希望這個女的人魂可以接下喜帖，好讓他繼續回去掃街，沒想到對方死活不肯，哭得震天響，不知道的人路過了，還以為自己在欺壓人魂呢！

「幾十年，你說得輕鬆，那可是我在世時間的兩倍長啊！人家還沒談過戀愛，才不要立刻走入墳墓啊！」女人魂掩面又放聲大哭，怎樣都不肯接下這張喜帖。

水煙也不想「強逼民女」，但是這名小姐的上面家屬，等不到自家女兒的回應，一天照三餐燒喜帖，燒得現在陰間滿地都喜帖，也讓負責掃街的水煙，掃得他焦頭爛額、頭疼不已。

還被上頭長官限期解決這件事情，不然就罰他去飼養地獄犬的部門掃糞便！

「那我託個人上去幫妳說說，就說妳不願意唄！」最後水煙不得已，只能詢問了女人魂的意願，得到對方點頭同意之後，再尋思託個在陽間的委外陰差，來幫幫自己的忙！

當然，這個人選絕對不是俞平，那傢伙現在可是陰官啊陰官！

水煙咬牙切齒，又在叨唸俞平絕對是撿了天上掉下來的狗屎運！而遠在食堂內，剛剛打開店門的俞平，則打了一個大大的噴嚏。

不過說到這個走狗運的好傢伙，今天似乎又是去取食物的日子了！

水煙想起這件事情，樂呵呵的把喜帖塞到長袍內，拿出手上的羽毛筆，萬分珍視的搖搖筆頭，咻一聲的冒出了陽間。

俞平剛餵完冬末，手上忙不迭地準備晚間營業的食材，被忽然出現的水煙嚇了一大跳，沒好氣的瞪著他，「你怎麼來了？」

水煙立刻誇張的哭喪著臉，「大哥，不是吧！您別忘記了今天是什麼日子啊！」他表情豐富，唱作俱佳，不管生在哪個朝代，絕對都是萬中選一的好戲子！

俞平手上不停，今天晚上山精一家要娶媳婦，跟他預訂了一大桌的酒席，晚上還要借用食堂熱鬧熱鬧，沒時間跟水煙廢話了。「都在冰箱內了，你自己拿吧！記得留一個給冬末。」

水煙一聽，還好俞平這傢伙沒忘，他屁顛屁顛的跑過去冰箱內，一打開來，整整齊齊的十盒奶酪都冰得透心涼，看著就令人心曠神怡。

「謝啦！」他嘴裡向俞平嚷了一句，一眨眼掃得精光。「我走啦！」他擺擺手，又化作一陣輕煙消失無蹤。

俞平這時才好笑的抬起頭來，走過去冰櫃一看，果然交代的事情，水煙完全沒聽進腦後，冰箱內空得一乾二淨。

他打開冰箱的上層保鮮櫃，還有最後一盒草莓口味的奶酪，白色的奶酪晃漾著粉紅色的汁液，草莓的香氣鑽入鼻尖，還有著紮實的果肉點綴其中，讓人頓時食指大動，垂涎欲滴。

「冬末，你要吃嗎？」他晃晃手上的奶酪。

「喵喵喵～」層架上一隻，剛大快朵頤完自己早餐的咖啡色貓咪，立刻嬌喊一聲，一溜煙的竄了下來，站定在俞平手邊，眼神盯著奶酪不放，尾巴有節奏的拍打桌面，一下又一下。

「好好好，這就開給你。」俞平寵溺一笑。

而把冰箱搜刮一空的水煙，帶著俞平親手製作的甜點回到了陰間，才剛剛過了彼岸橋，女娃又綁著辮子出現了，蹦蹦跳跳的在水煙面前伸手，「給我給我！今天是什麼啊？」

水煙拿高了奶酪，毫不意外的看著女娃又嘟起了嘴，氣呼呼地瞪他。

「妳先答應我要去跟閻王說幾句好話，讓我早點升回陰官，這些才可以給妳。」他拿著俞平所製的甜食，三日一次就來賄賂小女娃。

小女娃眨巴著眼睛，水煙心裡打的是什麼主意，她又怎麼會不知道呢？她天真無邪的回答，「我每次都有幫你說啊！說不定……我再加把勁就好了！」

水煙聽至此，雖然不甚滿意，也只能點點頭，把一整袋的奶酪交給小女娃，換來了對方的驚呼連連，似乎又要趕著帶走甜點，回到閻王身邊了。

「答應別人的事情要做到喔！不然會食言而肥！妳知道這句話的意思嗎？胖得妳

穿不過閻王殿的大門啊！」還是沒學乖的水煙，順手扯住了小女娃的辮子，惡聲惡氣的威脅著她。

「好啦好啦！討厭鬼！放開我啦！」小女娃趕緊拉回自己的辮子，回頭扮了個鬼臉，又俐落的跑掉了，只剩水煙一個人在這裡看著她的背影呼喊。

「妳又去戲弄那個陰差了。」

閻王殿內，一名男子端坐廳堂之上，身前的木桌漆上了暗沉的紅色，雖然氣勢宏偉，桌面寬大卻不免因為歲月而斑斑駁駁。桌子上頭擺滿了卷宗，等待著他一一批閱。

雖然輪迴大道自有運轉的機制，但是身為閻王，掌管成千上萬的人魂投胎轉世的事宜，還是讓他接了閻王之後，一在此桌前坐下來，就坐了千百年之久，未曾起身。

閻王的雙腳已與陰間土地結合，深深融入地底之下，沒有人知道，他日夜在這裡批改卷宗的感覺，或許也沒有人在意。

閻王的外表相當年輕，只是個三十幾歲的青年，俊朗的樣貌上，有著深深的疲憊，他揉揉眼窩，看著蹦跳回來的女娃，好脾氣的開口叨念著。

「妳不要每次都去戲弄他，那名陰差好歹也在陰間幾百年了，比妳要有用多了！」他半真半假的打趣著。

「王～誰叫他每次看我小，就想欺負我。」女娃親暱的跳上了閻王的膝蓋上，把頭放入閻王的懷中，受盡寵愛。她只喚閻王為王，這是他們兩個之間的親密。

「妳要扮成這個模樣，又怎能怪人家識不清妳的樣子呢？」

閻王失笑，放下僵硬的右手腕，揉揉女娃的頭頂，上頭的辮子已經略微鬆開，他皺了皺眉，從抽屜中中一排的文房四寶中，拿出突兀的一把梳子，鬆開了女娃頭上的髮結，決定乾脆重新綁過。

女娃瞇著眼睛，讓閻王梳著自己烏黑如瀑的頭髮，享受背後唯一的專寵，心裡的鬼臉又偷偷吐了一次舌頭，暗自心想，如果不是這樣的小女娃模樣，你會如此嬌寵我嗎？

「好了！快去玩吧！」綁好了頭髮，閻王拍拍小女娃的背，讓她繼續四處去遊蕩玩耍。

小女娃也不留戀，她知道自己能分得閻王些許的時間，已經是難能可貴的事情了，不能太過分眷戀他的溫暖，她輕巧的應了一聲，轉身跳下閻王的膝蓋。

「我今天要去荷花池玩。」

女娃關上閻王殿的大門前，回頭說了一句，交代自己今天的去處，雖然她知道，只要閻王有心，不管她上天入地，閻王也能知道她在哪。

「好。」

閻王眼角含笑，寵溺的點頭，揮揮手，讓女娃自由自在的去玩了，然後又繼續低下頭，批改著成千上萬的卷宗，改完了一疊，自然又有另外一疊上呈，歲歲年年，永遠如一日，永遠不得停歇……

他不知道的是，小女娃從門縫邊，偷偷看著他的側臉，胖乎乎的手臂托著臉頰，歪著頭在心裡不斷打著小算盤。

小女娃沒有名字，他也未曾想過要取，因為小女娃是他的一滴血所化，一天他在批改卷宗時，不慎讓紙張的邊緣割傷了指尖，染著了萬年置放於案上的墨條，又滴落於地上的一滴血液。

閻王事務繁忙，這點小傷他並不放在心上，但是過了大半天，等他回過神來，一個嬌小的稚齡女娃，就這樣坐在地上看著他，從那天起，她的眼睛裡就只有他。

這滴閻王血，吸收了墨條的精氣，搶了墨條化成精的機會，因此能化成千姿百態的模樣，小女娃卻獨獨鍾愛稚兒體態，總愛賴在他懷裡撒嬌，他也依她所願，就這樣嬌寵她一人。

從那天之後，小女娃代替他，在六道三界中任意闖蕩，他從未說過任何一句，也不曾拘過她一次。

因為她身上有他的神力，自保綽綽有餘，而且小女娃總會回來，回到他身邊，報告著這一趟旅途中的所見所聞。

就像代替他凝固的雙腳一般。

走遍大江南北，看遍所有的美好風景。

社區內外遠近的植株，都在這時候燦爛的盛開了，引得妖怪們跟過往的行人嘖嘖稱奇，逼近冬季了，附近的花苞卻開得鮮豔無比，幾乎飽滿得要墜落於地。

白天黑夜，各種花苞交錯綻放；牡丹盛開於街角的荊棘當中，茉莉則飄香於夜間的月色之下，一甕甕的荷花也爭著怒放，搖曳在水面之上。

今天晚上，夜深人靜之時。水煙一個人隻身前來，來赴這一年一期之約，他面容含笑，搖著扇子，信步往前踏，蟲鳴鳥叫都在夜深之時凝住，頓時萬籟俱寂。

他一身白袍，難得羽扇綸巾，束起了一束長髮紮在腦後，這是他百年前的生前模樣，今天，要見佳人，得慎重打扮，不可怠慢。

「妳啊，每年都要這樣測我一回。」

他眼唇含笑，並沒有一絲責怪之意，站定在食堂的紙燈籠之下，今天燈籠的光未亮，映著月色微光的卻是一串含苞待放的花穗枝枒。月色之下，無風經過，花穗卻搖曳了起來，幽幽的女聲響著：「妾身只是迎接水煙大人一路罷了。」

水煙沒好氣的笑著，「妳能容我看一眼別的花株嗎？」他搖著扇子，退後幾步，看著今年的花穗，鵝黃帶點粉紅，如幾百年過去那般，一年一期，他是植花人，也是賞花人。

「妾身只負責開花……」微微的笑聲，迴盪在小小的屋簷下。

花苞細細集結成了一串花穗，時機到了，微微舒展開來，細碎的花兒展開。

一年復一年，在陰間的歲月從指縫當中，毫不留情的穿過，只有每年的這個時候，水煙會站在花下，細細思索著過去的事情。

這是他與雲娘的約定，他幾百年前親手植下了雲娘，而雲娘則用年年的花期來回報他，讓他記起當時自己的模樣，以及現在輕狂姿態的緣由。

他是宋代的進士，考了幾十年的進士，從秀才、舉人一路掙扎上去，直到六十歲那年，才進京站在即將傾斜的王朝之前，站到了勤政愛民皆無、酒色財氣皆備的皇上面前。

當時的皇上頭也沒抬，只是輕描淡寫的看了他一眼，「六十歲了，那能做什麼呢？分配一個西南地區的將仕郎給他吧！」對照幾十年的寒窗苦讀，實在諷刺無比。

皇帝說完自顧自哈哈大笑，而他只能伏首叩謝，千謝萬謝。

這個等同於流放的官職，與他心中所想的願望相差非常遙遠，他已經六十歲了，沒有多少時間了，再從位階極低的將仕郎做起，什麼時候可以真的一展抱負呢？他一生所學，就只能埋葬在蠻荒的西南了吧……在瘴癘之地，寥寂餘生。

原來比失望更深的痛苦是絕望。

那一天晚上，皇上大宴百官，整個皇城燈火通明了一夜，他卻隻身一人在馬廄當中，懸梁自盡。

死前他張狂的喝著酒，明月如空，對酒當歌，講出了一輩子也不敢講的話，哭出了一輩子也沒有暢快流過的淚，他撫著馬背，卻在鬃毛之中，摸索出了一顆種子，隨手掩蓋在了花園邊上。

他以酒代水傾倒，辛辣的替這顆種子，帶來了第一次生的希望。

「我要脫去這一身迂腐的外衣，一世世活得狂放自在。」

死前，他的眼淚滴了下來，落入了泥土，被種子吸取，成為他與雲娘年年的約定，提醒著水煙自個所發的誓願。

而雲娘從酒與眼淚中萌發了意識，就注定了永遠跟隨水煙的執著。

驀地，一股雲娘身上的暗香透了出來，襲入水煙的鼻尖，繞著他身邊打轉，花粉翻飛，讓他又笑了，「今個怎麼了？我可不會開花啊。」

好半晌過去，花朵細碎的搖著，聲音沙沙響起，「水煙大人，您帶妾身走吧……累您總是上人間探我，妾身過意不去……」

水煙頓了一下，緩緩放下手上的扇子，垂下了眼眸，「陰間千百年來，只適合曼珠沙華此一植株生長。妳，不適合。」曼珠沙華太過霸道，容不得陰間有其他植物生長。

這也是他不曾動念把雲娘帶在身邊的原因，他作為一個愛花人，又何曾願意放花兒在人間漂流，年年無蹤。

「呵……讓大人為難了。」雲娘輕笑，落下不少細小的花瓣，她的花朵開起來並不碩大，顏色也不豔麗，只勝在繁密如穗，難為水煙年年都記得來看她了。

「……」水煙沉默了，忽然衝動的脫口而出，「雲娘妳叫我名字吧，妳是知道我的名字的！」

一陣風過，兩人靜默無語，花瓣又輕輕的搖動起來，溫婉的女聲，柔柔的飄盪在芳香之中，伴隨著綻放之時的細碎花瓣，如雨絲般的飄落在水煙的面容上。

「之殷……」

二手書店的修練室內，綠草如茵，溫和的陽光拂過眾人身上，帶來一點微微的暖意，草地上四小狐卻神情肅穆，四人圍繞著阿書，成一鳶鳥斷翅陣，緊緊禁錮著陣中的阿書。

她們正在演練陣法，四人分別據守著生門、死門、殺陣、迷陣四個方位，阿書身在其中，身旁的景色不斷變換。

她如鳶鳥一樣，被困在陣中，欲飛卻不得起。

四小狐又交錯了幾個方位，時間滴答的過，只要困住了阿書一個時辰，就算阿書輸了。

她們因賭約而來，雖親如姊妹，卻得全力以赴。

一片葉子隨風飄過，阿書緊閉的雙眼，忽然睜大在秀氣的臉龐上，手上一本書忽然現形，往天空一拋，紙頁翻飛。

書本代替她本體，往上鑽破了陣中的氣門，升空窺見四小狐的位置。她嘴中快速念著咒語，「臨、兵、鬥、者、皆、陣、列、在、前！破！」

她腦海中飛快的計算著每一陣門的位置，越念越快，細聲細氣的嗓音，卻逐漸轉為轟隆隆的雷聲，平地一聲雷，炸起了整個陣法，狂暴的拔起此陣的四向，讓四小狐們往外翻滾，恰恰好驚醒的躲過陣法反噬。

書本落下，落在了阿書的手上，一頁頁由靈力撰寫而成的書頁，在手指的撥動下，整齊應聲而過，書頁再度翻飛，回到了古樸的封面。

「嘿，妳們認不認輸？」阿書咧開嘴，雙頰紅撲撲的，笑得心滿意足。

「認輸認輸！妳最討厭了啦！說好用破的，妳根本作弊。」迎夏跺腳，四小狐的性子都是貪玩愛鬧，她又是其中尤最，她打滾了過去，撲抓了阿書，兩人鬧成一團。

「嘻嘻。妳們又沒有限制我要怎麼破！」阿書笑嘻嘻的，躺在迎春腿上，看著迎夏、迎秋、迎冬化成狐形，在草原上奔馳，互相嬉鬧。

修煉至此，阿書已經能跟四小狐齊頭並進了，她在術法上的天賦，來自於她對文字的掌握能力，能夠精準抓住從古至今的咒法規則，也能夠在古文辭賦之中運用自如。

四小狐今天跟她打了一個賭，三戰兩勝，最後比的就是陣法，阿書壓倒性的勝利了三場，她咯咯的笑著，「從今天起，妳們就要代替水煙的徽章保護我啦！」

她們五人打了賭，如果阿書能夠勝過她們四人聯手，就要跟在阿書身邊，直到她有能力自保為止。

迎秋款款的走了過來，她是四小狐當中，比較有長姐風範的。「保護妳又有什麼關係呢？反正我們是五姊妹，妳還是最小的那個。」說完她摸了摸阿書的頭，一臉疼愛。

「迎秋姊姊……妳對我最好了！」阿書撲了過去撒嬌。換得迎秋的笑臉，又勾起了她的手，一起坐在草地上，仰望著天空。

「真的很謝謝妳們。」阿書低聲說著。

她心裡的願望終於落地了，從青彌生的事情之後，她就一直希望能夠早日把徽章還給水煙，今天，藉著四小狐的疼愛，順水推舟的藉著賭約，幫她完成這個心願了。

「幹嘛跟我們說謝謝啦！」

四小狐又開始玩鬧了，還拱著阿書奔跑，她們自由自在的在人形跟狐形之間來回轉換，毛茸茸的尾巴一下一下的掃著草地。

「妳是妹妹啊！來吧來吧，我做花圈給妳。」

「好啊，我要白色的，要做五個喔！」阿書大大的比出了五的手勢，換來了其他少女的嬌笑，各自尋找起阿書所要的白色花朵。

襯著少女們頭上晴空萬里的藍天，連一片雲朵都沒有的天空，藍得像是一張藍色的色卡紙，笑鬧的聲音，迴盪在大地之上。

不管從什麼地方仰望著日光，美好都是因為克服了未知的恐懼，鼓起勇氣往前走，無私的擁抱著彼此。

任何時刻皆是如此。

一天晚上，俞平換上了短褲，光腳踩在自家的和室地板上，跨上了床鋪，拍拍床邊，冬末俐落的跳上來，也用小小的貓掌，踩著自己要睡的位置。

一人一貓，悶著頭各自整理自己的被窩，模樣非常相像，俞平擺正了枕頭，拉拉棉被的四個角；冬末則踩踩自己的睡窩，來回轉圈踏平上頭的毛毯，俞平前幾天買給牠的新被子。

各自弄好之後，關上燈，一人一貓躺上了自己的位置，在被窩裡面昏昏沉沉的準備睡去，已經預備入冬了，天氣轉冷，洗完澡後蓋上暖被是最好的享受。

當然冬末不包含在洗澡這件事情裡頭。

忽然冬末跳了起來，渾身炸毛，對著黑暗之中哈氣、嘶吼！

俞平不明所以，坐起身來，點開了桌邊的小燈，在昏黃的燈光當中，一隻巨大的老虎出現在眼前，動物皮毛的味道幾乎充斥在整間房間內，老虎邁開了步伐朝他走來。

老虎雪白的身軀威武無比，黑色的條紋纏繞其上，一雙藍色的渾圓眼眸，微微上鉤，神獸的霸氣，隨著每一次前進的步伐而散開。

冬末率先跳下床，拱起了身體，不斷的嘶吼著。

老虎停下腳步，露出撇撇嘴，不以為然的神態，看得俞平幾乎傻了眼——這野獸也太通人性了吧？而且自己家中，為什麼會出現這麼一隻大老虎？

「冬、冬末，這你朋友嗎？」俞平指著大老虎，目瞪口呆。

「哼。」冬末撇過臉，「我才不認識！」

「臭小子，連自己老爸都不認得了。」老虎不滿的也嘶吼了起來，聲音貫徹如雷，跟冬末的貓叫聲不同，非常的有震懾力，迴盪在小小的室內。

「老爸也一樣啦，你來幹嘛！」冬末警戒神情沒有鬆懈，仍然拱著身體，尾巴高高翹起，蓬鬆成一隻咖啡色的大毛刷。

老虎乾脆一屁股坐下來，抬抬自己一對粗壯的前爪示好，表示自己沒有惡意，牠後腿盤起來，看著冬末說，「來找你問問看，你老媽這幾年都藏在哪裡唄？」

說起來冬三皖也是特別的衰，當初他只不過是在王母盛宴上喝了個酩酊大醉，讓個侍女扶回寢宮，侍女卻賴在他跟碎銀的房間內，來來去去一下端水，一下擦臉的。

冬三皖醉得昏沉，就任由侍女來回穿梭，殷勤服侍著自己。

說到底他內心也是有些虛榮的，他沒想過要對不起碎銀，只是當下自尊心膨脹了起來，結果侍女越來越過分，甚至躺到了他身邊，嬌聲嬌氣的對他說話，一雙眼眸柔得可以映出水來，但冬三皖卻一驚。

因此侍女說些什麼，冬三皖是沒聽清楚的，他眼見情況不對，立刻伸出手，想推侍女下床，只是酒醉之後，欲振乏力，甚至好死不死的，碎銀正巧推開房門，眼前這一幕，冬三皖這一動作，就顯得令人遐想無比。

碎銀什麼話都沒說，更沒有大吵大鬧，兩人之間氣氛僵持，碎銀張大了一雙貓眼，看不出心思，只是直勾勾的看著他，問了輕淺一句。

「你今晚心中想起過我嗎？」

之後，她平靜卻決絕的摔下了仍是幼貓型態的冬末，頭也不回的走了。從此天上地下，再無蹤跡。

冬三皖一時噎住了，他剛剛在想什麼呢？

碎銀的身影為什麼沒有在他該死的腦袋裡面？

他為什麼要虛榮的讓侍女獻殷勤，為什麼要這樣模糊不清？

重點是，他到底有沒有想到碎銀？

等冬三皖從問題中掙扎出來，拖著酒醉的身體奮力追了出去，碎銀卻再無聲息，天上地下，三界六道，冬三皖發了瘋的找，上窮碧落下黃泉，甫出生的冬末差點沒餓死在自家老爹的房內！

後來還是冬三皖發起了狠，死死占卜了幾日夜，終於算了出來——自家兒子是尋回親親娘子的不二法門！

他牙一咬，乾脆把冬末託給了閻王，只指名要凡人撫養，之後就一不管二不顧的，時間過得很快，最後竟幾十年來沒探問過。

他不是不在意自家兒子，只是他的心都在碎銀身上，日夜思索著那天晚上到底發生了什麼事情，為什麼他會那樣糊塗？

這次碎銀肯主動跟他聯絡，他終於想起來了，當年那場占卜的結果，要打破僵局的契機，果然還是在自家寶貝兒子身上！

想到這裡，冬三皖乾脆就老臉往旁一擺，跑來騷擾冬末了。

「我不要。」

聽完整個始末的冬末，賴在聽完了整串故事，卻昏昏欲睡的俞平懷中，伸出一隻貓掌，冷面無情地拒絕了自家老爹。

開玩笑，牠重傷的時候，被親娘撿回去，那段時間過得可是生不如死啊！說實話牠老媽碎銀，還真不是什麼性情溫順的主。

一開始冬末還想耍耍脾氣，來個不喝湯藥，耍耍憂鬱什麼的，但是牠老媽二話不說，就是暴力鎮壓！

不喝藥？那就灌吧！灌得牠到現在一想起來，仍然餘悸猶存。

更不用說，再要帶牠回來俞平這裡之前，碎銀就已經三令五申，如果冬末膽敢透露一點她的住處給他爸知道……他們母子之間就走著瞧！

冬末想到這裡，不禁打了個寒顫。

「我不要，你自己去找她。」為了性命安全，冬末再次嚴正重申自個兒立場。

「我要是這幾十年來找得到，還用得著來這裡拜託你嗎？」冬三皖垮下臉，可憐兮兮的垂著臉旁的鬍鬚，哀求著自家兒子。

說來也是他不對……當年就這樣把兒子丟給了人類養育，難怪現在一點都不親近自己，但是他也是有苦衷的啊！

「反正你幾十年都這樣過了，有差嗎？」冬末舔舔手，不太耐煩了。

牠看著已經在打瞌睡的俞平，自己也好想回到被窩當中。

「……臭小子，你爹還有幾千年要過啊！」冬三皖暴躁的甩著尾巴，聲如沉雷的拍響了木頭地板，驚得俞平立刻抬起頭來，緊張的東張西望。

「反正說什麼都不要。」冬末瞪他一眼，又向俞平偎近了一點，咂咂嘴巴，天氣實在好冷啊！

「說什麼都不要嗎？」冬三皖瞇起了眼睛，站起身來，強大的白虎氣勢散發，無形的籠罩著冬末，卻只換來對方撇撇嘴的不屑，揮揮貓掌，示意他大門在哪，麻煩自己離開，他就不送了！

「難道你真的要當貓？」冬三皖眼見硬的不行，只好又一屁股坐下來，搓著手打算跟自家兒子商量商量。

「當貓有什麼不好？」冬末慵懶的抬抬眼，還張口「喵～」了一聲，打算氣死自家老爸。

「……你！」冬三皖還真的快要爆血管了，怎麼自己唯一的兒子，卻這麼沒有身為神獸的自覺？難道是因為一半的貓族血統？

不過碎銀也是個嗆辣的女人啊！

他咬咬牙，逼自己放軟語氣，「當貓好，當貓絕對好。不過尋常貓兒的壽命不過十幾年，你能陪他多久？」

冬三皖伸出虎爪，指指瞌睡中的俞平。

「……你想幹嘛？」冬末停了一下，看著俞平冒出鬍渣的下巴，明知有陷阱，還是忍不住上鉤了。

「交換個條件唄！我幫你跟族裡求個特赦，雖然你要當白虎是不可能了，但是包管讓你當隻長命百歲的貓。」

冬三皖自信的抬起頭，額上的王字閃閃發亮，又接著說，「他現在是二等陰官了吧？你捨得讓他一個人幾百年寂寞？」

嘿嘿，他要來這裡之前，可是打聽好了完整的情報啊！自己的兒子想逃出手掌心，哪有這麼簡單！

冬三皖知道自己一擊命中了冬末的死穴，立刻再度加碼，又繼續說著，「你不想之後投胎當豬或者狗吧？那多丟人啊！」他驕傲的抬抬臉，好歹貓還算是貓科動物。

冬末心裡立刻冒出了，俞平抱著一隻圓滾滾的豬隻在街上走的畫面，頓時一陣惡寒上身。

「行。」冬末明知自己上鉤了，乾脆應得爽快，輕巧跳下俞平的腳，回頭說了一聲，「我跟他有事情要商量商量，你先睡吧！」

俞平稍微睜開了了一點眼縫，揮揮手，表示自己聽到了，立刻躺在床鋪上倒頭就睡。

「什麼他?叫老爸！」跟著冬末跳窗而下的冬三皖，嘴裡還不住的抱怨著，這個狼心狗肺的兒子，莫不是出生的時候抱錯了吧?怎麼跟小時候可愛的模樣，大大不同啊?

「你到底走不走?」冬末輕巧站在路燈下，看著背後猶自抱怨的老爸。

「走走走！」冬三皖邁開粗壯的四肢，立刻跟上。

明天就是大寒了，是一年當中最寒冷的一天。

路上的行人都把手藏在口袋裡，行色匆匆的走過街道，關東煮食堂這裡，卻點燃了溫暖的大紙燈籠，鵝黃的燈光比平常更加令人暈眩，籠罩的食堂前的一片小空地。

遠近而來的妖怪都坐在各自的小圓椅上頭，搓著手往火爐再靠近一點，順便抽抽鼻子，嗅著火爐上的火鍋香氣，鍋內的昆布高湯正在翻滾，桌上擺滿了一盤又一盤的關東煮食材，讓人垂涎三尺。

在月色的照映下，桌上新鮮的食材一應具全——新鮮粉嫩的蟹肉棒、對切三段的竹輪、紮實口感的豬血糕、內餡飽滿的麻糬福袋……

妖怪們舉起了筷子，嘴裡不停交談，手上更不落人後。

因為明天是大寒，俞平在食堂外擺了五桌的火鍋，邀請鄰里們一同來享用當季的關東煮食材。

大家吃得熱火朝天，他則手上捧著鋼盆，內裡塞滿著食材，見哪一桌空了，就趕緊過去補料。

一身藍色的廚師服，穿梭個不停。

「哇嗚！俞師傅！我的年糕被小寶吃掉了啦！嗚嗚嗚……」

第三桌的狸貓小子，站在小圓椅上，抽抽噎噎的準備大哭起來，一旁的狸貓媽媽沒辦法，只能愧疚的看著俞平，俞平則趕緊抽身過來，又特別再給他兩個福袋。

「別哭了，再多給你幾個，吃不夠再跟俞師傅說。」俞平安撫的拍拍狸貓小子的頭，又繼續巡視著大家的桌上。

「不好意思！讓你請客，還讓你這麼忙！」一桌的妖怪站起來，臉色潮紅，嘴裡說著不好意思，卻把俞平珍藏的梅酒喝得精光，每個人都被酒氣渲染得歡欣愉悅。

「哪的話?這一年大家都辛苦了。」俞平難得面露笑意，也接過一杯梅酒，一仰而盡，眼見大家桌上都擺滿了食材，他才安心的走回食堂內。

食堂內這裡還有一桌自家桌，自家人的桌。

水煙坐在雲娘旁邊，正搗鼓著蝦子的外殼;阿書跟四小狐食量小，趁著俞平忙碌的時候，已經吃了個半飽，現在正捧著熱湯，一口一口的滿足啜飲;胡藥湘特地留了個位置給俞平，還示好的遞上了碗筷。

俞平卻一把抱起了正在用前爪分屍竹輪的冬末，坐到了冬末的位置上，懷中抱著這隻胖乎乎的小貓，一下一下的撫摸著。

「大家快吃啊!還備了很多，都已經退冰了。」他招手，要大家趕緊添料下去，又把火轉大了一點，下了一些因為適逢當季而青蔥水嫩的蔬菜，讓人看著就覺得滿嘴鮮甜。

「小哥，我們吃很多啦!你才沒吃多少吧?」胡藥湘殷勤的夾著天婦羅，放到了俞平的碗內。

「嘻嘻，大叔自己都不吃!」阿書跟四小狐嘻鬧著，倒在迎夏的懷裡，她剛被四小狐聯袂灌了一杯清酒，現在滿臉通紅，說話都大舌頭了起來。

「傍晚弄得時候早就吃過了。」俞平笑著夾起天婦羅，這是胡藥湘的好意，雖然他下午邊準備食材時，就差不多吃個七分飽了。

他又撈起了幾隻蝦子，趁熱剝給冬末吃，去頭去尾去泥腸，冬末也不怕燙的一口就吞了一隻，賴在俞平懷裡，享受主人的寵愛。

眾人又吃吃鬧鬧了一陣子，水煙忽然看著俞平，一臉正色說著，「俞平，我要帶雲娘去陰間住一陣子。」他放下碗筷，耳朵略微潮紅，「興許……就讓她在陰間住下來了。」

雲娘在一旁沒說什麼，只是潔白的袖口掩著嘴笑，看著水煙，一臉託付的信賴。

「哦？」俞平來了興味，「好啊！反正現在阿書有她們在教，天天都成群結隊的鬧！」他指指四小狐，引來少女們的怒瞪，繼而哈哈大笑。

「是啊……只是不知道她住不住得慣。」水煙一杯酒仰盡。陰間千百年來都是曼珠沙華的唯一領域，這次雲娘跟他到陰間，少不得要受些委屈了。

「怎麼說？陰間不好嗎？」俞平不明白水煙的顧慮。

「你不知道。我們上次在彼岸橋兩端看的那種花，名叫曼珠沙華，據說陰間幾千年了，就只長這種花，我擔心雲娘去了會被欺負。」水煙的眉眼之間，皆有著憂慮。

「不打緊的，妾身落盆不落地，不與此花爭奪，想必可以相安無事。」雲娘的潔白的手掌，扯了扯水煙的袖口，兩人相視一笑。

「嘖嘖，我說啊，這點動物妖就比植物妖好了！我們可沒有什麼水土不服的問題啊！」胡藥湘支著下巴，逕自下了結論。

她又繼續說，「像是小哥如果要去別的地方，我收拾收拾行囊，也就可以跟過去啦！」

俞平正好剝完了最後一隻蝦子，不明所以的反問，「可是我這裡住得挺習慣的，沒要搬去別的地方啊！」

他是真心喜歡這些鄰里，又不用擔心尋常人的眼光，反正店裡生意清淡，些許過些年，就把店關了，只做飯給大家吃。

他腿上的冬末一聽，剛吞入口的蝦子差點噎到，這傢伙是真笨還是假笨？眾人頓時哈哈大笑，配著冬末的咳嗽聲，特別有趣！

「咳咳……我是說如果嘛！如果如果！」胡藥湘滿臉通紅，舉起了桌上的清酒，一張口就吞入喉，嗆得自己面紅耳赤。

「我說妳蠻可憐的，堂堂狐妖，也不知道活了幾百年了，偏偏要喜歡這麼不識風情的魯男子！」水煙一甩扇，脫去眉間憂鬱，又恢復成他氣死人不償命的樣子，氣得胡藥湘反唇相譏。

「我才覺得奇怪，人家雲娘清清白白黃花大閨女，幹嘛要跟著你這個浪蕩子！」胡藥湘性子潑辣，半點不讓。

兩人正劍拔弩張，卻又忽然笑開，舉起酒杯，各自勸酒，桌上鬧哄哄一片，俞平搖頭笑嘆，又站起身來替大家多拿一些關東煮，也加了一點熱湯進鍋中。

「俞哲平！」忽然一聲女音，站在食堂階上，從門口朝內大喊。

俞平站在料理檯前，反射性的立刻抬起頭來，自己的孫女俞怡安，正站在門口，死死盯著自己看，手上捏著一張破爛的照片，身旁跟著一對怯生生的男孩。

他手上的鋼盆瞬間落地，匡啷一聲，敲響了木製地板，什麼話都說不出來，外頭喝得醉醺醺的妖怪們一驚，趕緊摸摸頭上的耳朵，拉拉屁股後的尾巴，他們怎麼這麼沒提防？

讓個大活人走了進來，都還渾然不知？

看著俞平的反應，俞怡安抖著唇，「是你吧？俞哲平就是你吧！」她舉高了手上的照片，那是一張俞平的獨照，穿著一套西裝，瀟灑的看著鏡頭，是他大兒子的畢業典禮時所照，也是他離家前不久的模樣。

更是俞平現在的模樣！

「小姐，妳認錯了。」俞平低下頭，眼眸往下垂，強作鎮定，佯裝一臉雲淡風輕，他撿起鋼盆，又把食材一一拾起，放入了盆內。

「不可能！你就是那個來到我奶奶墓前祭拜的男子！我來過幾次，已經觀察你很久了！」俞怡安不肯死心，又往店內踏了幾步，神情激動。「而且你剛剛明明就對俞哲平這名字有反應！」

從奶奶的目前認出俞平就是相片裡的人之後，俞怡安就一直覺得不對勁，雖然時間已經過去了幾十年，但是世界上不可能有如此相像的兩人，她原先推論，這個關東煮食堂的師傅，一定跟自己的爺爺有關係……

但是這個名叫俞平的師傅，現在的反應，卻讓她直覺了解到——這兩個人是同一個人啊！絕對不會錯的！只有聽見自己的名字，才會有這樣的反應！

「小姐，我說妳認錯了，我叫俞平，不是俞哲平。」俞平再次否認。

當他離家之後，捨棄了妻子跟兒子，就連自己的名字都捨棄了，跟過去的一切，不再有交集。

「……不肯承認嗎？」俞怡安眼眶含淚。

忽然她激動的大喊，「你不想知道奶奶最後要跟你說什麼嗎？」

她從小到大看不到幾次自己的爸爸，就是因為爸爸除了工作以外的時間，都在外尋找俞哲平這個自己素昧平生的爺爺！

她可以說是讓奶奶帶大的，而奶奶畢生的心願，就是找到爺爺。

「妳……」俞平猶豫了起來，自己的妻子，有話想跟自己說？

「你這個不負責任的男人，你知道你的妻子、你的兒子，一輩子都沒辦法真正開心嗎？你怎麼不乾脆死了，讓他們找到屍體也就安心了！」

俞怡安越說越激動，眼眶含淚，包括她在內，他們一家永遠籠罩在俞平失蹤的陰霾內。

他是另組家庭，還是死了？這麼一聲不響的失蹤，到底算什麼！

雖然奶奶跟爸爸一直都不相信俞平死了，都說他只是因為失去女兒的打擊過大，才會選擇離開他們。

但是俞怡安從小到大，不知道幾次想在他們的耳邊大喊，這個男人已經死了！再也不會回來了！

「妳知道什麼？才不是這樣！不准妳這樣說他！」冬末氣得跳起來，站在流理臺前，對著俞怡安張牙舞爪，牠討厭這個女人，自以為是，什麼都不知道。

「貓……貓會說話？」俞怡安驚呼出聲，連帶兩個小男孩也嚇了一大跳，縮進媽媽的背後，只肯露出半張臉來，怯生生的看著冬末。

被冬末這樣一鬧，俞平不得不點頭苦笑，「別管什麼貓了，我的確是俞哲平，妳到底想知道什麼？」

他伸手拍拍冬末安撫牠，「我是妳的爺爺沒錯，但是妳也看到了，我成了這副不死不老的模樣……」

俞怡安咬住了下唇，看著俞平內疚的模樣，以及盛滿懊悔的眼神，她終究遞出了手上的照片，猶豫了幾秒還是張口。

「我不想知道什麼，我只想把奶奶臨終前的話轉告你……奶奶說她不怪你，她說她知道你有苦衷，她會一輩子找你，只是怕你一個人過得不好！」

她把眼神撇到一邊，雖然很不想這麼說，可是奶奶的遺願就是找到俞哲平，然後告訴他——她不怪他。

「……謝謝妳。」俞平深深低下頭，對著自己的孫女道謝。

內心實在五味雜陳，在這麼多年後，與自己的後代重逢，獲知幾十年妻子的隻字片語，他真的覺得這一生，既漫長又恍惚。

但回過頭來一望，竟然像是一場夢，說得上朦朧，也說得上清晰。

俞平抖著手，想接過那張照片，俞怡安卻忽然喊了一聲，「等等！」

她的神情有點茫然，也有點不解，但是更多的是鬆了一口氣的輕鬆，她終於完成了奶奶跟爸爸的遺願，把這個世世代代，宛如詛咒般的心願，徹底終止在她這一代。

雖然還不清楚，為什麼自己的爺爺會變成這個模樣，但是也終於完成了自己從小到大的願望。

她深吸一口氣，選擇相信俞平，拍拍身後孩子們的兩顆小腦袋，往前鼓勵的一笑，「去吧！記得媽媽說過什麼？去叫人了！」

小男孩懵懵懂懂的點頭，漾起了天真無邪的笑容。

兄弟倆牽著手一起往前走著，雖然有些膽怯，卻仍然一股腦撲向了俞平的膝蓋，清脆的一同大喊一聲，「太爺爺，媽媽說你會買玩具給我們！真的嗎？真的嗎？」

俞平愣了一下，熱淚盈眶，看著眼前跟自己妻子有八分像的孫女面容，他抱起了比較小的弟弟，右手牽著哥哥。

低聲向兩兄弟問著：「你們想要什麼玩具？跟太爺爺說說。」

在兩兄弟嘰嘰喳喳的討論聲當中，俞怡安被延請入座，一同在火鍋邊上吃著自己爺爺親手製作的關東煮，終於有機會一嘗奶奶口中，那種洋溢著幸福的滋味。

眾人吃吃喝喝，有些醉了，有些起了高漲的談興，孩子們已坐不住，早追著冬末的尾巴四處奔跑，胡藥湘趁機倚在俞平身邊，張羅著一家大大小小。

爐火不斷地跳躍，映照著大夥開心的臉頰。

俗話說得好，圍爐的時候，這菜要慢慢吃，酒要熱熱喝，才能長長久久，久久長長，一家人永遠不分開。

窗外的氣溫隨著入夜越來越低，玻璃上因為眾人的笑鬧熱氣，而結了一層薄薄的霧氣，食堂內外舉起了都流淌的歡笑的氣氛。

忽然不知道是誰大喊了一聲「乾杯」！

一時之間，內外同聲舉杯，歡快暢笑的，準備一起迎向下一個春季。

一起等待，下一次春暖花開的時候。

俞平放下了孩子們，讓他們在一大群的妖怪間撒歡著跑，四處追逐著彼此玩，他的內心頓時百感交集，沒想到脫離輪迴的自己，還有機會跟家人團聚。

還有機會抱一抱自己的小孫子。

他閉了閉眼，一個人輕輕摩挲著門口邊上的門框，這是他的家，也是這群妖怪的家，他會一直在這裡，舀一碗熱湯給所有踏入食堂的人魂。

並且聽他們吐訴自己的執念，再為他們將執念消弭，直到他們能夠繼續無牽無掛的往前走。

繼續在不斷輪迴的人生中前進，遇見更多、更多的人，一直這樣的走下去。

如果是為了這樣的使命存在，那他將心甘情願的在這人世的一角，與冬末在一塊兒，安安靜靜的等著。

你，也有放不下的執念嗎？

來一趟關東煮食堂吧，喝一口熱湯的時候，你就知道你該去哪裡了。

——陰陽關東煮　全文完

番外　金丹的代價

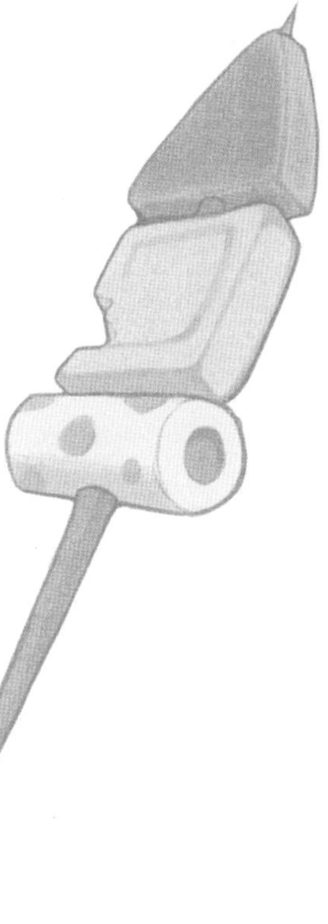

這裡風景優美，宛如人間仙境，事實上煙霧繚繞，仙樂飄飄，的確是在世上所有凡人夢寐以求的地方——六道中的天界，其中的神獸領地。

水煙手裡抱著一隻咖啡色的小貓，一身黑色的長袍，頭戴官帽，這是他最慎重的打扮，緩步行走於神獸領地當中。

雖然他覺得這樣穿死氣沉沉又難看，完全無法展現他本人帥氣的英姿，但是陰差在外界行走，遇上鄭重的場合，還是免不了以此面目示人。

「我說啊，你的俞平不要你啦！」

走著走著，水煙雙手托著冬末，胖乎乎的重量讓他有點吃不消，忍不住嘴皮子又癢起來，想招惹冬末幾句。

「我才懶得理你。喵～」他懷裡的小貓口說人話，姿態悠哉。

冬末闔上眼睛，舒舒服服的享受水煙的服侍，牠身上有條粉藍色的緞帶，整整齊齊的繫在脖子上，微軟的布料，讓牠的鼻子有點發癢。

不過也因為這條緞帶，讓牠不得下地亂跑，免得弄髒了布料，只好勉為其難讓水煙抱著走。

緞帶是牠老爸的冬三皖的主意，據說這樣看起來福氣一點，可以討那些老傢伙的歡心，所以為了俞平，牠也只能忍耐一點，讓俞平在牠脖子上，紆尊降貴的繫上一條蝴蝶結。

順帶一提，俞平正在為了閻王做生辰蛋糕，沒空趕上這場認祖大會，而且冬三皖說他終歸是一個大活人，不適合這樣跨界上天亂跑，不然俞平才不會丟下自己，所以水煙說什麼屁話，一點都不重要。

「我說真的，他叫我把你留在這裡，不要回去了。」水煙嘻嘻鬧鬧的對著冬未說。然後在冬未張大了嘴巴，對準自己的手臂時，乖乖的閉上嘴巴。

「算你識相，哼哼。」冬未又掙扎了一下，換了個姿勢，牠還是覺得水煙抱得牠渾身不對勁，還是俞平好。

牠在心裡偷偷給俞平再加十分。

至於水煙？不好意思，沒有這個傢伙的評分表。

「不過話說回來，你難道真的不想回來這裡嗎？」

水煙一雙眼睛四處瀏覽，來來回回的侍女姿態秀麗，一雙水汪汪的大眼，美目盼兮，周遭景致更是芳草如茵，四季如春，簡直跟汙濁又嘈雜的人間不能比，連他都想來這裡住上一段日子了，雖然這鄰居們各自有些狗皮倒灶的問題，但總歸是個仙境！

「不想。」

冬未雖然懶洋洋的躺在水煙懷裡，一雙眼睛也是滴溜溜的轉，這裡是朱雀、玄武、青龍、白虎四神獸，共同養育幼獸的地方，滿地都可以看到小小的幼獸，讓牠看得目不轉睛。

手上的爪子有點癢，朱雀的幼獸身上的羽毛，看著有點誘人。

怎麼就想拔幾根回去送給俞平？

水煙跟冬末邊走邊鬥嘴，連冬末都被逗弄得興致高昂，頻頻回嘴，結果兩人越走越遠，可怎麼就是看不到冬三皖口中威風凜凜的白虎殿？

「……等等，你有沒有聽到什麼聲音？」

水煙停下了腳步，緊張的左顧右盼，在樹叢之間張望著，他剛剛聽到了類似凶獸的吼叫聲。

「嗯，沒有吧？」冬末搖搖頭，接著又咧開了嘴，「但是我聞到了，有股香香的味道，好像是烤熟的雞肉加上豬血的味道！」

水煙疑惑的看了冬末一眼，這傢伙是被俞平養太好了嗎？味道就味道，還能這麼具體的形容？連肉的種類也能分辨出來？這也真算是一種得天獨厚的天賦了！

這時候一陣沙沙聲，眼前兩人高的草叢微微抖動，露出了一個龐大的陰影，水煙的冷汗滴下來了，這個不太熟悉的形體，只在古書上看過幾眼，現在怎麼看著有點不妙啊？

「吼！我要吃！我要吃！給我肉！給我血！」

眼前的龐然大物，有著詭異的羊頭，上面一張人臉，正張大了嘴，流出不斷的唾液，飢餓的看著水煙跟冬末。

水煙一下子懵了，回頭一看，他們竟然不知道什麼時候，走到了如此荒郊野外的地方！

什麼仙女？什麼幼獸？通通不見了，只有兩旁的雜草，跟他們的身軀一樣，被饕餮的怒吼聲，吼得像是風中殘燭——抖抖抖個不停啊！

饕餮怒吼一聲，四肢著地，前爪不斷的刨抓著地面，鼻孔噴氣，宛如鬥牛即將攻擊的前兆，冬末一溜煙的跳下地來，面對著饕餮，緩緩後退。

水煙也跟著退了幾步，壓低聲音，緊張的說著，「等等，別背對牠跑，我們跑不過饕餮的！你現在轉身，牠立刻吃了你啊！」

冬末吞了一口口水，小小的後腿又偷偷邁了一步，鄭重的說著，「我沒要跟牠賽跑……我只要跑贏你就好！」

說完轉身就想往草叢的地方竄，隱蔽的戰場才是貓的地盤！

但身後的水煙嚇得大叫一聲，「你這沒義氣的傢伙！」他立刻抓住冬末的尾巴，讓冬末慘叫了一下，兩人跌落在地上，慘兮兮的看著眼前食慾似乎很好的饕餮。

「你這傢伙，我要跟俞平說啦！」冬末炸開了毛，不忘要跟俞平告狀的事情。

「去啊去啊，你有命去再說啦！」水煙雙手並用，肚皮上頂著跌落的冬末，往後慢慢的退後，可惜他每退一步，饕餮就往前前進一步，甚至正在慢慢縮短牠們之間的距離。

「吼！」饕餮又大吼一聲，後腿微蹲，向前用力一撲，流滿口水的利齒就要咬上水煙的身體——

「饕餮！速速退後！這兩個你不能吃！」熟悉的聲音，在最後一刻響起，水煙半個身子都已經在饕餮的嘴裡，只差沒被饕餮的大嘴闔上，俐落的咬回去而已。

「唔？嘎？」饕餮張大了眼睛，搖晃著腦袋，眼神中有一絲困惑。

嘴裡的水煙只覺得自己快要暈厥過去了，他肚皮上的冬末也嚇得貼平，牠就在饕餮的下顎正下方。

「對，乖孩子，放開他們，這是冬三皖叔叔的客人，乖……」冬三皖趨向前來，以人形的姿態拍了拍饕餮的鼻孔。

饕餮又猶豫了一會，終於心不甘情不願的緩緩把一張大嘴收回，留下已經嚇傻的水煙，頭上一坨饕餮的唾液，牠搖搖尾巴，滿心鬱悶的走回自己的巢內。

「還好這隻饕餮還是幼獸，對食慾的執著沒有那麼強烈，也還願意聽我的話，不然你們兩個就要成為饕餮肚子內的佳餚啦！」

冬三皖雙手抱胸，看著眼前癱軟在地的水煙跟冬末。

「還不是你叫我帶你兒子上來？不然你以為，我願意沒事上來幫饕餮剔剔牙嗎……」癱在地上的水煙沒好氣的回話，他到現在還餘悸猶存呢！

「說到這個，我不是叫你們到白虎殿來找我嗎？你們……走到凶獸們的老巢幹嘛？」冬三皖狐疑的反問他們。

「們？你用了們這個字！所以你的意思是，這附近還有別的饕餮！」水煙一骨碌的爬起來，巴在冬三皖的身後，他這麼瘦小，連幫饕餮塞塞牙縫都不夠啊！

「是！所以我們快走吧！」冬三皖無奈的看著也竄上了自己肩膀的小貓，翻了翻白眼，自己到底有沒有生膽給牠啊？

冬三皖領著水煙跟冬末，進了白虎殿最大的正廳，他低聲交代了幾句，就坐上了廳上正中央華貴的椅子上，他也是族內長老的一員。

正確來說，他是現任的族長，擁有一票的投票權。

不過長老會有五位白虎，族長沒有特權，所以光他一票沒用，還得另外四位長老點頭同意，冬末才有機會求得特赦。

今天是冬三皖替自家兒子，向族內長老們求來的一個機會。

如果五位長老都同意讓冬末回復白虎的血緣，興許牠就有機會重返神獸一族，再不然退個一步，也能讓牠以貓形的姿態長生不老，達成永遠陪著俞平的心願。

雖說如此，冬三皖還是悄悄捏了一把冷汗，他知道他當初在冬末面前，話是說得滿了一些，不過不讓冬末上鉤，又怎樣才能得知碎銀的下落呢？

他坐在正中間，歛了歛神色，這一刻他是白虎的族長，不能有一分一毫的私心，他以人形開口，示意冬末抬起頭來，讓牠講述當初吃毀青彌生屍身的始末。

冬末也一反平常慵懶的氣息，認真仰起了頭，瞪大了圓滾滾的翠綠眼眸，一字一句的述說著，當初青彌生與其妹妹青靡聲上門來，先是殺害了水煙，後來又無端毀約，甚至與自己進行打鬥……

自己真是不得已才會吃食了青彌生的心臟！

一旁的水煙不住的點頭，他今天雖然是陪著冬末上天，不過也算是一個有力的人證。

「按照道理來說，你雖為混種白虎，但是不應該沒有自保能力，不至於需要吃食青彌生的屍身，你要逃要走，綽綽有餘。」

坐在冬三皖右邊的老婆婆，一頭花白的頭髮，皺紋滿布臉上，神情卻是一臉精明，絲毫不能糊弄，她看著底下仰著頭的冬末，一針見血的提出了質疑。

冬末停住了，他當然知道他有足夠的能力自保，但是青彌生不會死心，他會反覆糾纏著阿書，而俞平把阿書當成自己的女兒，所以牠沒有選擇……

「咳咳！你們讓我插句話行嗎？」一旁的水煙忽然出聲，臨時插了一句話。

他等到長老們齊齊點頭才繼續說，「你們家的冬末，從小在人間長大，那個什麼戰鬥能力、自保技巧的，通通是一概不知，所以犯下了錯……也是很正常的吧？」

水煙咳嗽兩聲，輕輕巧巧的把話給揭過，甚至把錯丟回了冬三皖身上，誰叫他把兒子亂扔給別人教養呢？水煙眨眨眼，示意冬三皖乾脆把錯擔下來。

冬三皖臉上一陣燥紅，看了底下的冬末小小的貓臉，一咬牙，扛了！

「是的，這件事情如果從源頭追溯起來，也是我的錯，不如我就用族長的位置換冬末的特赦吧？」

他不眷戀族長的位置，他只希望冬末可以完成自己的心願。

冬末嘴邊的話繞了幾圈，看著冬三皖的神色又吞了回去，事實上白虎的規矩以及戰鬥的本能，通通刻在牠血液裡了，牠是故意要讓青彌生再也沒有機會重生，才會這麼做的。

「你想得美！你不接族長，難道要我們這些老骨頭，一把年紀了，還不要命的下去拚嗎？」冬三皖左邊的老爺爺，一把白鬍子長得垂到地上，聽見冬三皖又想跑，不耐煩的瞪了他一眼。

「是是是，秦秀爺，那您們能不能看在我的面子上……」

冬三皖急得出了一頭汗，完全忘記自己坐在什麼位置，說實在他這次也有私心，他實在是不想看著冬末把白虎的血緣褪得一乾二淨，下輩子的運氣要是不夠好，說不定不得人身，沒個準便成了什麼妖獸了！

「你別吵，去旁邊讓我們幾個老不死的商量一下。」

幾個爺爺奶奶湊成一團，把冬三皖一個人擠了出去，讓他圍在幾個長老外面，不斷探頭探腦，心裡急得不得了。

要偷聽嘛？又拉不下臉！

要硬擠進去？說不定惹怒了長老們，自己的兒子也沒有好果子吃啊！

冬三皖只能在外頭急得團團轉。

底下的冬末說完始末之後，垂下了毛茸茸的貓臉，小小的三角形貓耳往下垂著，尾巴掃掃地面，神情淡漠，心裡倒是沒什麼想法。

牠看開了，下輩子真的要當隻豬也無所謂，頂多少吃一點，免得胖得讓俞平抱不動唄？

「好了，我們商量好了。」冬三皖右手邊的老婆婆又發話，幾個長老看著她點點頭，似乎冬末的判決出來了。

老婆婆清清喉嚨，「白虎一族幾千年來都謹守誓言，自從歸化為天人的神獸之後，就不得傷人，更不用說像你這樣食人屍身，實在是罪孽深重……」

她話還沒說完，一臉肅穆，冬三皖的心就直直沉下去，果然還是不可能違背祖上的誓言嗎？他趕緊開口，「韻婆……這是我兒子啊！」

韻婆瞪了他一眼，示意他閉上嘴。

她又看了身旁幾位偷笑的長老，長滿皺紋的嘴角忽然笑開了花，她啊！已經活了上千年了，早該休息休息囉，只恨冬三皖心裡只有自家的老婆，這次難得看到冬三皖低聲下氣，不趁機捉弄捉弄這個壞孫子怎行呢？

韻婆看著不明所以的冬三皖，繼續說，「不過我們白虎一族也不是吃素的，人家先欺到我們頭上來，就怪不得我們唄！特赦金丹一顆給白虎冬末，准其回神獸一族。」

韻婆坐回椅子上，趁著冬三皖懵了的時候，立刻開口，「不過白虎冬末每三個月得回來讓我們看一次，以防金丹有什麼不良的影響！白虎冬末願意否？」

秦秀爺也接著說，「是啊是啊，雖然說是神丹，但是幾千年來也沒人吃過，說個不準早就壞了，一個不小心，輕則讓你吃壞肚子；重則讓你中毒死翹翹也難說啊。」

「好，三個月一次嗎？我一定會準時回來。」冬末伏低腦袋回話。

韻婆則是笑瞇瞇的點點頭，心想這不知道第幾代的小孫子，實在是好可愛啊！

不知道百年之後，變為人形的時候是什麼模樣呢？

她彈彈手指，背後一個木盒子應聲而開，其中一粒丹藥看著金光閃閃，寶盒裡頭的七彩光芒卻流轉不停，隨著韻婆的手勢，丹藥一瞬間飛入了冬末嘴裡，嚇了冬末一大跳！

「快謝謝長老們！」冬三晥眼見事成，立刻跳下椅子，壓著自己的兒子，深深低頭。

感謝長老們的幫忙，事情比他想像中得好，自己的兒子又是威風凜凜的神獸啦！這下子要討碎銀歡心，又多了一點籌碼囉！

他興高采烈的送水煙跟冬末出去，還再度交代了他們一次，正確離開白虎殿的路。

「這次不要再走到饕餮的老窩去啦！沒想到你們兩個還是路痴啊？這次再走錯路，乾脆讓饕餮吃了當點心算了！」

水煙癟癟嘴，不知道怎麼反駁，乾脆裝作沒聽到，自行轉身，「行啦行啦！我們兩個要走啦！」

他擺擺手，剛剛那純粹是場意外，小爺我英明神武，怎麼會是連方向都識不清的路痴呢？

「……老爸。」

要走之前，冬末回頭，咕噥的叫了一句，說實話牠心底還是有那麼一點芥蒂，為什麼冬三晥跟碎銀都不肯親自養育自己，雖然牠現在最喜歡的人是俞平，但是牠從跟冬三晥相認以來，還真沒叫過他一句。

就算他知道，冬三晥其實盼這句盼了很久。

「……乖兒子，去吧去吧！」冬三皖愣了一下，揮揮手，轉身踏進廳堂內，自己的兒子啊……過去幾十年，他到底做了什麼？還好現在還來得及！

踏進廳堂之後，冬三皖高高躍起，再次落地又是一隻大白虎，頭上的王字閃閃發亮，他嘿嘿一笑，「我說長老們啊，金丹怎麼可能會壞呢？又不是糖糕之類的，更不用說老祖宗可是用了大法術好好保存的……」

韻婆沒好氣的瞪了他一眼，「你還有臉說？你這傢伙成天只想著自己的老婆，當初碎銀走的時候，我們替你坐鎮了這個位置多久？哪天沒個準，你要是又跑了，那我們怎麼辦？」

秦秀爺也接腔，「是啊是啊，你知道的，雞蛋不能放在同一個籃子內！雞飛蛋打這四個字，我們老歸老，可是還會寫的！」

冬三皖頓時嗆住，心裡的算盤飛快打著，「敢情你們是在肖想我的兒子……難怪這麼慷慨，連金丹也捨得給！」

說實話，金丹可是好東西啊，據說族內也只有三顆呢！

韻婆聽見這話，氣得立刻從堂上的椅子翻身落地，一隻修長纖細的白虎，瞇細了眼睛，一掌拍向冬三皖，掌風虎虎生風。

「說什麼肖想？多難聽啊！不然金丹還來！」

冬三皖立刻退了幾步，大大的屁股貼著大門，「反正這檔事我不插手，你們自己跟冬末說啊！」他一屁股撞開大門，趕緊逃之夭夭。

開玩笑，這些老祖宗們加起來，都快能跟天地同歲了，他又不是吃撐了才跟他們對著幹？

反正接接族長也不是什麼壞事，大不了把自家兒子心愛的人，也通通撈上來升天囉！還可以免去轉世之苦，絕對不虧，很划算的啦～

「嘿嘿嘿，小冬末，乖乖成為你老爸的接班人吧～這樣你老爸就有更多時間，把你老媽追回來了！」

冬三皖哼著小曲，扭著老虎大大的屁股，慢慢朝向自己的宮殿前進，心裡又繼續想，現在終於得知碎銀的住處了，要怎麼樣才能讓她原諒自己呢？

立刻殺到她面前伏首認錯？

不不不，這招絕對行不通，道個歉能原諒的話，碎銀也不會這樣一跑幾十年，而且要是這次碎銀又跑個不見蹤影，他可沒有第二個兒子可以替他找老婆了！不行不行。

唉，追個老婆怎麼這麼難啊？

誰能來替自己想想辦法呢？唉，重賞啊重賞！

——番外 金丹的代價 完

番外　生日願望

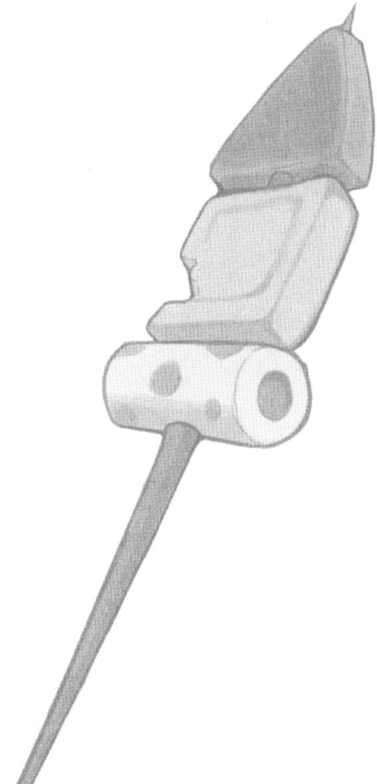

關東煮食堂內，下午的時分，晚風輕輕從窗邊吹進來，帶起了一陣香風。

小小的空間裡，今天沒有洋溢著平日溫暖的熱氣，反而充斥著一股香甜的味道，奶霜跟糖漿和在鍋子內攪拌，俞平不斷打發著奶油，一旁的小女孩看得眼睛都發直了，口水不斷分泌。

「俞叔叔，為什麼你這麼厲害？你做給我的每一個點心都好好吃喔！」她不吝嗇讚美，一張小嘴甜滋滋。

她的話甜得讓俞平心花怒放，忍不住趁著烘烤蛋糕的空檔，又搓揉起麵團，額外做點小餅乾，要讓女娃當成零嘴吃。

「妳唷！一張嘴說出來的話，句句都這麼甜，我看天底下的男人都要被妳迷倒啦！」胡藥湘站在料理臺外，揶揄著女娃。

她手上正幫俞平切著新鮮的水果，待會要放到蛋糕上頭的。

「才沒有呢！我喜歡的人……他都不喜歡我。」女娃噘起了嘴，嘟著腮幫子抱怨。

「那大娘跟妳說啊！不喜歡妳的人，就趕緊丟了，不要浪費時間為他傷心啊！」胡藥湘半真半假的說著，心想女娃怎麼可能識得情的萬般滋味？

她抱起了女娃，往她嘴邊湊了一顆草莓。

「他也沒有不喜歡我啦……他只是太忙了！」小女娃神色黯淡了下來，撥弄著臉頰旁邊的辮子。

「妳喔！這麼小不用煩惱這種事情啦！聽大娘一句話，妳長大之後，一定有很多男生排隊，要等著娶妳當新娘的唷！」她看著半大不小的女娃，笑嘻嘻的哄著。

胡藥湘跟俞平都很疼這個小女娃，不過問了好幾次她的名字，小女娃都笑著搖搖頭，不管拿多少餅乾誘哄，就是不肯說，似乎是什麼重大的祕密。

他們不知道的是，那是因為小女娃並沒有名字。

叮的一聲，蛋糕從烤箱中新鮮出爐，熱騰騰的冒著香氣，軟綿綿的蛋糕內裡，夾著一層層的餡料，俞平再把新鮮的當季水果切片，一片片放上去，點綴在其上，讓人看著五顏六色，食指大動。

「好了！小心帶回去吧，別蹦蹦跳跳的，蛋糕很脆弱的。」

俞平把蛋糕裝進盒子內，還打上了大大的緞帶，小心翼翼的拿給小女娃，讓她在今天的一整日等待之後，有了一個滿心期盼之下最好的禮物。

「謝謝俞叔叔！還有胡阿姨～」小女娃甜甜笑開，手上提著蛋糕，又親了一下胡藥湘的右臉頰，甜得讓胡藥湘都要暈陶陶了。

「路上小心啊！」胡藥湘跟俞平一同站在食堂門口，看著小女娃慢慢走遠。

俞平心裡又想起了自己的兩個小孫子，不如用剩下的材料，也幫他們做個小蛋糕送去吧？自己一個大男人的，不方便常常過去，就讓阿書跟四小狐送去吧！

不過得好好囑咐她們別邊走邊玩，不然蛋糕到了都碎成一塊塊了！

而胡藥湘則是喜孜孜的想著，不知道自己跟俞平能不能生出這麼可愛的女孩子，唉唷！老天保佑，千萬別是四小狐那種喧鬧的性子，得要沉靜又貼心才好啊！

兩人站在傍晚的暖陽下，各自開心的想著不同的事情。

回到閻王殿外的小女娃，先是小心謹慎的把蛋糕放在大門旁的地上，確保蛋糕沒有受到任何損傷。

今天是他的生日，自己準備了一個大大的蛋糕，應該可以跟他有一頓飯的時間，一起切切蛋糕，像是人間的人們一般，許下一個生日願望吧？

她又東張西望了一下，確定附近沒有人走過。女娃輕輕扯了扯頭上的辮子，讓烏溜的髮絲雜亂的跑出來，這下子一定要重新綁過才好看囉！嘻嘻！

小女娃深深吸一口氣，拿起了蛋糕推開大門，對著案桌上埋首的男子大喊。

「生辰快樂！」

案上的男子微微困惑的抬起頭來，忽然又恍然大悟的笑著，難怪前陣子他發現生死簿被人偷翻過了，他雖然是閻王，已經不需要在上面記載生死之期，不過出生的日子倒是有的。

「妳喔，又去煩人家了。」閻王放下了手中的筆，眉目之間放鬆的笑著，對著小女娃招招手。

「才沒有，是俞叔叔說要做蛋糕給我！」小女娃的手指在身後偷偷交叉，睜著眼睛撒了個小小的謊言。

「呵呵……那妳把珍貴的蛋糕給我，我就把生日願望給妳！來，許個願望吧？」閻王輕輕笑著，神情認真。

小女娃倒是怔了一下，她……真的可以跟閻王許個願望？

她心中最大最大的願望，就是閻王可以牽著她的手，到她最喜歡的荷花池，去看一次花開時的盛夏清涼。

她輕了輕嗓子，女娃兒甜軟的嗓音，從小小的唇瓣中流瀉而出。

「那王幫我取個名字吧？」

但是，人，不可以太貪心。

小女娃藏起了心中的願望，仰著臉，笑得甜甜蜜蜜。

「……好。」閻王慨然應允。

從閻王的生日開始，從這一天起，小女娃的名字就叫做流光。

是他生命當中，最燦爛的一盞流光。

——番外　生日願望　完

番外　般如茵

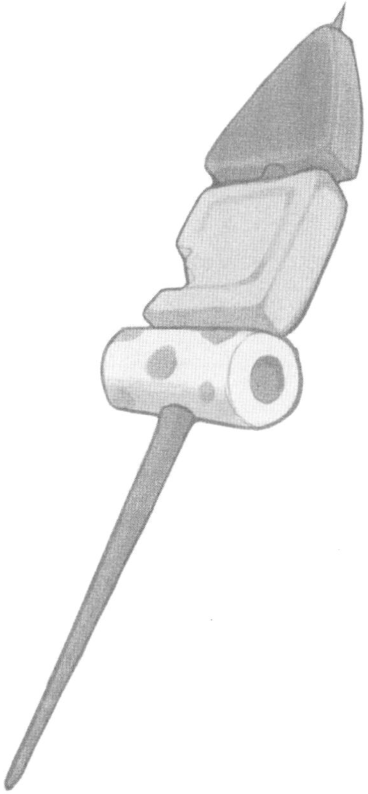

殷如茵打從一出生，眾人就覺得這個小女嬰不對勁。

她笑的時候極少，哭泣的時候占大多數，但是她不是放開了嗓子，跟一般的嬰兒一樣嚎啕大哭。

她是憂慮的看著眼前的父母，然後眼淚簌簌的滾下。

這實在太難以理解了，嬰兒對於這個嶄新的世界，按照道理來說，應該是充滿了探索的興趣，殷如茵卻從出生即懷抱著難以名狀的憂慮，等到她慢慢地長大，學會了初步語言的運用，這份憂慮卻從來沒有從她臉上褪去。

五歲的那年，殷如茵蹲在自家的花園外頭。

「茵茵，妳跟媽媽說，妳在想什麼？」殷如茵的母親，終於有一天鼓起勇氣，詢問了自己的女兒，她雖然分身乏術的照顧著殷如茵的雙生弟弟，但是也知道殷如茵並不是那麼正常。

「媽媽。」殷如茵的聲音脆亮，應該活潑玲瓏的她，卻皺著眉頭，咬住了下唇，好半晌才回答母親的話，「人，為什麼要活著？」

殷如茵的母親噎住了，這個問題可大可小，歷史上的學者們對於此一疑問展開一連串的辯論，亙古至今從未有過公認的答案，她不知道殷如茵想要的是什麼？

更不明白為什麼殷如茵會對此感興趣。

「怎麼了？活著不好嗎？」

她試圖誘導出五歲的殷如茵煩惱的原因，想了解自己的女兒，為什麼這樣長年的悶悶不樂，難道自己跟丈夫，忽略她的成長了嗎？

殷如茵的母親有點自責。

「只是不知道為什麼要活著而已。」殷如茵站了起來，拍拍屁股底下的灰塵，動作成熟得不像是五歲的孩童，她往室內走去，遺留下一排她剛剛觀看的螞蟻，她試圖從螞蟻當中找到答案。

但是可想而知，螞蟻並不會告訴她這個連蘇格拉底都不知道的解答。

那天晚上，殷如茵的父母商量了很久，父親焦躁的在客廳踱步，而母親淚流滿面，只抱著手中還不會說話的弟弟哭泣，他們家中有一個智能不足的男孩，還有一個早熟得過分怪異的女孩，這是怎麼樣的命運？

殷如茵常常作一個夢，夢的情節或許可以稱得上是噩夢，雖然幼小的殷如茵並不因此感到害怕。

夢中的她不是現在的小女生，而是一個正站在光亮通道上的女孩，她不斷地流淚，不肯繼續往明亮的出口前進，後方的男子雖然催促不斷，卻也只能搖頭嘆息，沒有人可以逼不願意的人魂投胎。

雖然不知道原因，甚至連夢都不明所以，殷如茵就是清楚的知道這點。

「唉如果留下了片段的記憶，對妳來說未必是好事！」

夢中後方的男子，一身白色的儒袍，肩上有著雪花似的貂毛大褂，一臉不認同的看著她，手上的扇子搧啊搧的，就是搧不去殷如茵在夢中的決心。

但是不管男子怎麼勸說，夢中的自己就是堅持己見，似乎如果男子不按照她的話做，她就永永遠遠停在這裡，不肯前往她下一個人生的目的地。

「好吧！這可是你自己選的。」男子終於敗下陣來，點頭同意。

他手上的扇子一瞬間化為長長的大斧，銀色的光芒寒氣逼人，夢中的自己縮瑟著，卻仍然把手堅決遞到了男子眼前。

手起斧落，從夢中傳來一種撕心裂肺的疼痛，夢至此，殷如茵就會在自己的小床上驚醒，一身大汗，然後在自己弟弟永不停歇的哭聲中，看著自己的右手腕。

她小小的手腕上，有一道清晰的紅痕，沒有人知道這是怎麼來的，媽媽說這是她打從娘胎帶來的胎記，每個小朋友都會有的，這樣小朋友才不會走丟，天使才知道這是哪一家的孩子。

每一個小朋友都會有嗎？

那大家也都會作這樣奇怪的夢嗎？

殷如茵撫摸著手腕上的疤痕，然後在弟弟的哭聲中逐漸睡去，她的弟弟跟她是雙胞胎，但是她先從媽媽的肚子出來，所以她是姊姊。

媽媽說弟弟跟別人不太一樣，需要更多的耐心照顧，所以媽媽跟弟弟一起睡，偶爾會忽略她。

這些殷如茵都不在意，她的憂慮跟這些都沒有關係，她的憂慮是與生俱來的，跟任何人都沒有關係，她只是覺得有種揮之不去的寂寞而已。

到了要上小學的前一年，她的憂鬱越發的嚴重了，她來來去去還是想不透，為什麼人要活著呢？為什麼大家都是孤伶伶的一個人？

沒有人可以給她答案，事實上大家都不知道答案。

殷如茵的父母終於決定要帶她去看兒童精神科，在貼滿動物壁紙的房間中，和藹的女醫生，遞給她一排彩色蠟筆，跟一張好大好大的白紙，醫生溫和的告訴她，「妳想畫什麼都可以畫在紙上。」

但是我不想畫東西。

殷如茵沉默著，只是咬著下唇，稚嫩的臉頰上，湧起了不屬於她的年紀的陰暗，她知道有一些記憶不見了，卻記得沉沉的悲傷，以及永遠探究不出答案的問題——到底，人活著是為了什麼？

看了十幾次的兒童精神科，知名權威的群醫都束手無策，沒有人能夠理解她的憂慮、悲傷，甚至無法走進她的心裡，任何的療法對她都沒有用，就算是要她畫畫，也只會得到一張白紙。

在殷如茵的爸爸要放棄之前，第一次跟她見面的女醫生，要求跟殷如茵單獨談話，殷如茵的爸爸同意了，女醫生在安靜的診間，盤腿坐在殷如茵面前。

「聽著，小女孩。」女醫生語氣嚴肅，帶著一點著急，「我看過像妳這樣的病人，你們在轉生的過程中出了一點差錯，所以遺忘了一些事情。」

她看著不明所以的殷如茵，放緩了語氣，牽起了殷如茵的右手，她指著小小手腕上的紅痕，「這就是你們要記得的事情，用靈魂付出的代價。」

「我要記得什麼事情？」殷如茵第一次回應醫生。

雖然她一點都不清楚，這個女醫生在說些什麼，但是她本能感到痛楚，彷彿層層疊疊下的傷口被看見了，她渴望被了解，雖然世界上的每一個人都渴望被了解，但殷如茵卻困在其中不得而出。

「我不知道，但是孩子，不要放棄，千萬不要放棄。」女醫生把她擁入懷中，緩緩的撫摸著殷如茵柔軟的黑髮，一下又一下，在她耳邊低聲說著，「有一天妳會記起來的，孩子。」

最後一次的診療結束，殷如茵感覺心中似乎出現了一道裂痕，一道明亮的裂痕，女醫生不能給她解答，卻似乎了解她的痛苦。

但是殷如茵年紀仍然太小，她還是學不會隱藏表面的哀傷，她就像是一個哀傷又憂鬱的靈魂，被裝載在過小的軀體內，無助的成長，然後過早知道死亡是怎麼一回事，總有一天人都會閉上眼睛，再也無知無覺。

想到這裡，殷如茵就會尖銳的哭泣起來，把自己縮成一團。

情況越來越糟，殷如茵的學習能力沒有問題，但是她卻沒有求知的慾望，殷如茵的幼稚園老師也只能搖頭嘆息，她第一次遇到把自己完全置身事外的孩子，彷彿她不屬於這個世界。

殷如茵的父母恐慌又無助。

他們只是普通的家庭，殷如茵的爸爸擁有不錯的投資眼光，所以在正職以外他們還有了相當優渥的投資收入，這讓他們在三十歲的時候生下雙胞胎時，一度相當雀躍。

當然只是一度而已，殷如茵的弟弟剛出生就因為臍帶繞頸的問題，而引發了缺氧，傷害新生兒脆弱的大腦，一輩子就是智能不足的孩子。

而美麗的女嬰，卻在成長的階段中，與他們越來越疏離，彷彿不是他們親生的孩子一般，她那麼的小，那麼的稚嫩，是誰加諸了這麼多的痛苦在她身上？

精神科醫生給不出答案，殷如茵的父母捫心自問，更得不到答案。

在殷如茵上小學的一個月前，他們都還拿不定主意，要讓殷如茵念什麼樣的班級，她的學習意願，已經低落到需要到申請在家自學的地步了。

如果讓她去學校的話，她會是每一個老師的噩夢。

但是不管是什麼檢查，都再再的說明，殷如茵是一個正常的孩子。身體正常、智商正常、完整無缺，就像天底下的父母盼望的小孩一樣。

殷如茵的父親嘆息不已，只能在殷如茵上小學的前一週，拿出了在家自學的申請單，沉重無比的簽下名字，他跟妻子已經商量好了，不管花多少錢，都要請來最好的家教，一定不能讓女兒成了文盲！

那天他一個人坐在沒開燈的客廳中，殷如茵剛從幼稚園回來，沒有發現他。殷如茵的弟弟殷琪孟，剛剛學會爬行，因為他智能不足的關係，所有的發育都比同齡的學童遲緩。

殷如茵已經準備要上小學了，她的弟弟才剛剛學會爬，並且在嘴中喊著一些沒人聽懂的單字。

殷如茵開了門，看見弟弟從房間內飛快的爬出來，她蹲下來，弟弟四肢並用，爬到了她眼前，抬起了天真無邪的笑臉，一雙沾滿口水的手，濕漉漉的握上了姊姊的掌心。

「孟孟，你怎麼出來了?會感冒喔。」

殷如茵抱起瘦弱的弟弟，被口水沾了滿臉，忍不住笑開了，難得褪去憂鬱的笑容，看得黑暗中的父親都痴了，「我抱你回去房間吧，媽媽呢?」

殷如茵自言自語的對著弟弟說話，她很喜歡這個弟弟，常常會接手照顧弟弟，她一直覺得這是她的責任，她是姊姊。

殷如茵把弟弟放到了小床上，弟弟短短的手指，還是緊緊的抓住她不放，嘴中含糊的動了幾下，發出囈囈的幼兒說話聲，殷如茵聽不清楚，更靠近了一些。

「孟孟怎麼了？要找媽媽嗎？」

她怕弄傷弟弟，不敢硬掰開弟弟的手指。

「……姊姊。」

忽然一陣清晰正確的發音響起，從出生至今已經七歲了，卻還不會說任何話的弟弟口中說出來。

殷如茵看著自己的雙生弟弟，她靠向前，緊緊抱住弟弟，眼淚忽然掉下來，世界上竟有這樣的另外一個人，是全心的信賴著自己，連第一次學說話，就是要開口叫自己。

原來自己不是寂寞的一個人。

「姊姊，不要走。」弟弟又正確無誤的說出了一個句子。

殷如茵把自己的頭埋在弟弟肩膀上，瘦弱得一點肉都沒有，她緊緊抱著，發誓要用接下來的人生，守護著自己的弟弟。

「我哪裡都不會去，我不會離開你。」她鄭重的發誓。

然後房間的燈被點開了，同樣淚流滿面的父母站在她們身後，比手足之間更強烈的雙胞胎情感，讓他們第一次覺得，或許命運之神並沒有對他們太壞。

「茵茵，妳去念正常的班級吧？妳學到什麼，都回來教弟弟。」殷如茵的爸爸開口了，他是多麼希望，自己的女兒能夠正常的成長。

殷如茵轉過來看著他，晶亮的眼眸，表現出一個小女孩所能展現的最高決心。

「好。」

從那天之後，殷如茵的世界就繞著弟弟打轉，她念書是為了教弟弟，雖然弟弟智能不足，學習的速度緩慢，但是殷如茵堅信，總有一天孟孟會需要這些知識的。

她慢慢的遺忘兒時的憂慮，逐漸接納了更多的人，雖然她仍然在放學後就立刻飛奔回家，接手照顧著自己弟弟。

孟孟是個很乖的孩子，他一年三百六十五天，幾乎天天是笑顏展開的模樣，他就像個年幼的孩子，對於外界只有喜樂的感受，他的世界中沒有黑暗的部分。

而殷如茵也盡力保護他一直如此的快樂。

當然，弟弟除了智能不足以外，他的身體因為發育遲緩，健康狀況也不是太好。

但是他生病的時候，總是淚眼汪汪的躺在病床上，嘴裡反覆唸著姊姊，他不怕很苦的藥水跟很痛的針頭，只怕姊姊不來醫院看他。

看不到姊姊，對他來說比世界末日更可怕。

殷如茵常常帶弟弟出去玩，孟孟在外面總是很乖，他很聽殷如茵的話，殷如茵要他往東他不會往西，要他原地站好，他會站到褲子都尿濕了。

有一次他們到動物園去玩，殷如茵為了幫弟弟買霜淇淋，排了大半個小時的隊伍，她雖然心焦如焚，卻捨不得弟弟手上沒有大家都有的霜淇淋。

結果大半個小時過去，就站在男生廁所外一公尺處的等待的弟弟，已經尿濕了褲子，看著姊姊哇的一聲大哭出來，他會自己上廁所，但是他怕姊姊回來會找不到他，所以寧願站在這裡伸長脖子痴痴等。

殷如茵不覺得麻煩，她的生命就是跟弟弟共享。

只有弟弟可以理解她，他們從同一個地方來，或許有一天弟弟可以替她解答夢境，她對世界上的其他事情沒有興趣，他們是雙生子，兩個人就是一個圓。

這個圓不需要別人，也不容許別人入侵。

她對弟弟有著執著的占有欲，她的父母雖然隱約覺得不對勁，卻無從干涉，姊姊、弟弟都是他們的孩子，他們只希望孩子可以快樂開心，過完一輩子。

但是沒有人可以入侵這個圓，不代表他們永遠不會被拆散。

殷如茵上大一的那一年，她在同班同學的鼓譟之下，參加了生平第一次的營隊，也第一次離家外宿三個晚上，在營火晚會的火焰旁邊，所有的同學都熱切的跳著第一支舞。

她只是緊緊握著手機，她不想離開弟弟。

「如茵，妳怎麼了？妳不舒服嗎？」活動長從營火當中，發現一個孤獨的身影，站到了她身旁，「不跟大家一起玩嗎？」

他發覺殷如茵是個很耐看的女孩子，他已經快要畢業了，這次是因為學弟臨時開天窗，他才不得已下來玩玩，不然他對營火什麼的，早就失去興趣了。

不過可以發現這麼可愛的學妹，也算值得了。

他一屁股坐到了殷如茵身旁，殷如茵好像被他嚇了一大跳，猛然驚醒，眼神中滿布迷茫，「學長？」她看了看他身前的牌子，才猶豫的叫人。

「幹嘛叫我學長，大家都是同學，叫我則佑吧？」則佑學長親暱的靠了靠殷如茵的手臂，讓她泛起了一片的雞皮疙瘩，「不下去玩嗎？」

殷如茵看著巨大的營火，火光的陰影在她臉上一閃一閃的跳動，蒼白的臉龐引得陳則佑學長心裡隱約的騷動。

「嗯，不要了。」殷如茵微微退開一點距離，搖頭婉拒了學長向上的手心，第一支舞是要牽手的團康舞蹈。

「嘿，別這樣。」陳則佑學長笑嘻嘻的放下手，不以為意，學妹憂鬱的氣息，以及退開的謹慎，讓他知道殷如茵不是願意「玩玩」的女生，但是又有何妨呢？

真心很可貴，碎的時候聲音更好聽。

陳則佑勢在必得的笑著，站了起身，走到工作人員的團隊中，找來了幾個跟他要好的學弟妹，開始打探殷如茵的事情。

幾個學妹半嗔半嗲的鬧他，陳則佑學長又要辣手摧花了，新來的大一總是傻乎乎的，落入最為漂泊不定的學長手中，恐怕要傷心了。

但是她們彼此心領神會的對看一眼，還是嘰嘰喳喳的把殷如茵的資料交代出來。

陳則佑學長被虧了幾句，挨個拍了拍學妹們的頭，姿態親密寵溺，「妳們才是我的好學妹，跟她計較什麼呢？我只是想認識認識她而已。」

學妹們巧笑倩兮，「騙人，誰不知道你心裡在想什麼？」

面對學妹的玩笑話，他眨眨眼睛，一臉無辜，「我可沒有在想什麼，如果她要誤會什麼，也不是我的錯，我這人有點缺點——人太好啊！」

殷如茵不知道他們在休息室內的談話，她只心急如焚的看著手機。

不對勁！弟弟已經一整天沒有打來了，他從來不曾這樣，他的智商不足以理解姊姊在忙，所以不能打電話這件事情。

雖然殷如茵只要叫他別打，他就絕對不會打來。

但是殷如茵從來沒有這樣說，她要來參加迎新宿營之前，甚至交代弟弟，每個晚上都要打電話給她，現在已經超過晚間十點了，弟弟該上床睡了，為什麼沒有打給她？

她越想越不對，衝向了自己的帳篷，同學們剛好解散，看到她臨時要走，嘻嘻鬧鬧的阻攔她，在營火晚會邊，大家都喝了一點酒，鬧著不讓殷如茵先回家。

「如茵，這樣多掃興啊？今天就是最後一晚了！待會學長還說要帶我們去夜遊呢！」

一個女同學攔在帳篷前面，雙頰通紅，怎樣都不肯讓殷如茵把自己的行李拿走，笑鬧的要她留下來，待會一起去山間夜遊。

「……」殷如茵無語的看著同學，心中的寂寞感又逐漸升起，她低聲說了一句對不起，拽緊了懷中的錢包，行李跟衣服可以不要了，只要有錢，只要到得了家就好了。

她要回去看弟弟。

在小農莊辦的迎新宿營，離市區有段距離，位在半山腰上，晚間十點多，殷如茵一個人走在山路上，依稀可辨後方同學們的耳語，把她說成一個孤僻又難相處的人。

她知道，她一切都知道。

但是無所謂，世界上只要有弟弟就好了。這個支撐她的動力，卻在她半夜好不容易搭上計程車回到家的時候，徹底粉碎了，她的弟弟因為急性肺炎，今天晚上病逝在醫院了。

她趕到醫院的時候，連弟弟的最後一面都沒見著。

「為什麼不打給我，為什麼為什麼？」殷如茵在加護病房外狂吼，聲嘶力竭的大吼，這是她出生至今，情緒最激烈的一次，她的眼神中充滿恨意，為什麼不讓她回來。

「茵茵……」殷如茵的母親上前，試圖想安撫自己發狂的女兒，卻被殷如茵重重的打掉，怨恨的看著她，讓她的心幾乎要碎了。

「是孟孟不肯，他說姊姊第一次出去玩，不可以因為孟孟跑回來！他快昏迷的時候，就只喊著這句，妳說我們怎麼敢違背他的意思？」殷如茵的爸爸也落淚。

他看著自己的妻子受傷的模樣，心裡很清楚知道，如果他們不趕快修補這個裂痕，那今天晚上，他們將會失去兩個孩子。

「孟孟……」殷如茵的恨意消失，哭倒在地上。

這的確是弟弟會做的事情。

她要出發之前，弟弟比誰都還興奮，往她包包內塞滿了心愛的玩具，要殷如茵全部帶去，最後殷如茵偷偷把玩具們都藏在床底下，才避免要帶著一大包的玩具出門的窘境。

現在想起來，那全是弟弟的心意。

弟弟的確智商不高，但是他心地善良，純真無邪，他是世界上最體貼人的孩子，也是世界上自己的另一半，現在弟弟死了，她就再也不完整了。

殷如茵放聲大哭。

那天晚上，她夢到了弟弟，弟弟被一個很眼熟的男子牽著，來到她面前，弟弟雖然也跟她一樣到了十八歲，該上大學的年紀，卻因為身體不好，發育得特別矮小，站在她面前，只能高高抬起頭看著她。

弟弟跟往常一樣神色嬌憨，臉上漾著燦爛的笑容，只是不住的跟她揮手，離她一步的距離，她在夢中用盡全力，卻仍然無法跨越過去，只能看著弟弟動了動唇瓣，似乎要跟她說什麼。

「哎呀，我幫你說啦！」弟弟身旁的男子，面容模糊，一身的打扮鮮豔，手上的扇子點點弟弟的頭，轉過來看著殷如茵，「他要妳好好的活著，天天高高興興的。」

殷如茵淚如泉湧，哪有人失去了另一半的自己，還可以好好的活著？而弟弟就是她性格中無憂無慮的那一半啊！

但是看著弟弟的笑容，她還是咬著唇點頭。「我會的，孟孟……你要記得姊姊。」

男子又揮揮扇子，「不用替他擔心了，妳擔心妳自己吧！」他正色看著殷如茵的臉孔，相同的茫然以及對死亡的困惑，這個人魂已經自盡無數次了，如果這一世也是同樣的下場，恐怕……

殷如茵困惑的反問，「我？為什麼？我也要去陪孟孟了嗎？」她心中有一絲的喜悅，她怎麼沒想到，弟弟走了，但是她可以去找弟弟啊！

男子搖搖頭，臉色又黑了一半，沒想到事情越來越糟糕了！

他一甩扇，殷如茵立刻從床上驚醒，今天是弟弟的頭七，他回來看自己了，孟孟……

殷如茵咬著唇哭，剛剛心中的念頭，卻在腦海中纏繞不去。

像是一道催眠的嗓音一般。

舉辦喪禮的那一天，殷如茵站在家屬答禮區，僵硬的對所有來上香的人致謝，她站到毫無知覺，只是不斷的看著靈堂上的照片，弟弟的笑容依舊。

殷如茵的父母其實早有準備，殷琪孟能夠活到十八歲，已經是醫生口中的奇蹟，發育極度遲緩的他，身體機能都太過稚嫩，以至於無法負擔身體的使用，而過度衰敗。

能夠陪兒子走到這裡，他們已經心滿意足了，但是殷如茵卻讓他們很擔心，他們真的不想剛剛失去一個兒子，就再失去一個女兒。

就在他們焦慮的時候，一個年輕的男生，趁著與他們握手致意的空檔，悄悄在他們耳邊說了，「我是茵茵的男朋友，我帶她出去走走吧？」他的眼神充滿同情與了解。

殷如茵的父母對看一眼，他們從來沒聽說過殷如茵有男朋友。

但是這個年輕的男生，是跟著殷如茵的大學同學們一起來上香的，而且衣著整齊，神色自信，不像是壞人。

殷如茵的父親迅速思考了幾秒，只要女兒能夠開心，這比什麼都重要。

「茵茵，就麻煩你了。」

他們只能賭，誰都看得出來殷如茵一心想著弟弟，他們雖然沒有真正了解過殷如茵，卻知道自己執著的女兒，心裡在想什麼。

他們真的無法再經歷一次喪子之痛了，因此不管眼前的男人是誰，拜託他把殷如茵帶出傷痛吧？

殷如茵的父親沉重的點點頭，不顧傳統的禮俗，看著自家的女兒與對方交談幾句之後，溫順的跟著對方走了。

果然！茵茵是認識對方的，殷如茵的父親放下心來，繼續站在靈堂的右側。

茵茵啊，希望妳能夠回頭看看爸爸媽媽啊，我們都這麼老了……妳走了我們怎麼辦啊……

陳則佑坐在駕駛座上，流暢的轉著方向盤，他剛剛只用了一句話，就把殷如茵帶出來了。

「妳想死吧？我幫妳。」

就是這一句話，讓殷如茵心甘情願跟著陳則佑出來，拋棄弟弟的告別式，畢竟弟弟已經不在那裡了，而她正在想辦法，前往弟弟所在的地方。

陳則佑嘴邊噙著笑，他的車開進了汽車旅館，在櫃檯邊點了點錢，要了一次過夜，結帳之後，車子流利的滑進一樓的車庫，然後他牽著彷若無感的殷如茵，從車庫中的臺階走上二樓。

燈關了，好戲上場。

殷如茵沒有反抗，這一切對她來說一點都不重要，她知道如果要陳則佑幫她，可能需要付出一點代價，而陳則佑要的是什麼，她也不是全然無知。

褪下了衣服，裸露的肢體，讓陳則佑嘖嘖出聲，暗嘆自己捕到了一尾大魚，還是一條稀有的美人魚。

他趨向前，擁抱親吻，不在乎殷如茵沒有熱情的反應，細微的痛楚驚呼聲，就是他最大的驚喜與寶藏，大大膨脹了他的男性自尊心。

完事之後，他擁著殷如茵，兩人在天花板的鏡子底下，看著對方的眉眼，陳則佑越看越覺得他喜歡上了殷如茵，殷如茵的憂鬱氣質、溫婉的面容、含苞待放的女人姿態，再再都戳中了他的喜好。

「我要怎麼死？」

殷如茵的聲音，突兀的在黑暗中響起，打破這曖昧的氣氛。

「……別急！」陳則佑沒好氣的翻了翻白眼，怎麼會有女人在一番至高無上的歡愛之後，仍然只想著如何尋死？難道他的技巧這麼差勁嗎？

「如茵我跟妳說，人生很美好的。」陳則佑空泛的想著安慰詞。

他本來以為輕嘗一口殷如茵的滋味之後，就能再無留戀，沒想到殷如茵對他來說像是毒品，越輕描淡寫，越讓人上癮。

殷如茵沒說話，陳則佑以為自己的說詞奏效，「是吧？妳跟我在一起，我會對妳好的……」陳則佑趨前，輕輕含住了殷如茵的唇瓣。

殷如茵的唇瓣相當冰冷，陳則佑試圖引出她的舌頭，卻在幾秒之後被推開，殷如茵站了起來，不發一語的撿拾著床邊的衣物，一件又一件穿上去，像是打了陳則佑一個又一個的耳光。

「妳不要以為妳了不起啊！」陳則佑氣極。這女人沒有淹死在他的溫柔裡面，已經是太過分了，現在又用這種態度對待他。

殷如茵從頭到尾都沒有說話，只是漠然的穿上所有的衣服，毫不遮蔽陳則佑的視線，彷彿當他不存在這個空間一樣。

「喂喂喂。妳給我回來啊！」當然，這樣做只是讓陳則佑更加憤怒。

不過殷如茵無所謂，她心中只有失落而已，她現在知道陳則佑只是想欺騙她而已，他不會幫助自己去死，也不會給任何的建議，甚至做不到閉嘴，讓她好好轉移注意力這麼簡單的一點。

所以她要回家了。

不顧汽車旅館櫃檯小姐驚訝的目光，她一個人從車庫慢慢走出來，臉上神情淡漠，世界上的一切事情，早就跟她沒有關係了。

她回到了家，家裡空無一人，喪禮會一直到傍晚才結束，他們還要把弟弟的遺體移交火化場，並在那裡等待火化跟放入骨灰罈。

光是想到弟弟瘦弱的身軀，要被燒成灰燼，她就感到一陣陣窒息般的心痛，不過弟弟已經走了，說不定現在正在等著自己，她走到廚房，拿起一把菜刀，閉上了眼睛。

菜刀高高的揮起，這是她的決心。

但是當要落下的那一刻，右手腕的紅痕卻灼熱得發燙，讓她連菜刀都握不住，只能摔落在地板上，發出金屬清脆的撞擊聲。

她的弟弟緩緩出現，站在她的面前，一滴一滴的淚落下來，她很少看見自己的弟弟哭，孟孟的智力程度只有五歲左右，但是他從小就很敏銳得不想要成為大家的負擔。

所以孟孟不哭，最多就是裝可憐的紅紅眼眶。

可是現在孟孟卻哭得非常悽慘，他張開了嘴，含糊不清的喊著姊姊，撲向前抱著殷如茵，點點的淚花落在殷如茵身上，一點一點的喚醒她想要記得的事情。

她在這一世的輪迴之前，拚命想要記住的事情。

就算斬傷了右手腕，也要死死刻印到靈魂記憶裡面的事情，在弟弟的淚水之下，全部都回想起來了。

怎麼可以忘記呢？答應過爸爸了。

答應過這一次無論如何都不可以忘記，無論如何都要好好的活著，不管遇到多少困難，這是她曾經發過的誓言。

但是好難過啊，真的好難過好難過，幾乎是自己血肉的另一半，就這樣活生生的被刨走了，為什麼要帶走弟弟？殷如茵哭得無法自抑。

「姊姊，不要來。」孟孟帶著哭音的嗓音，說出了跟這輩子第一次說話時，完全相反的句子，殷如茵知道弟弟的意思。

她拚命點頭，「等我等我，我能去找你的時候，一定去找你。」

兩人緊緊相擁的身體，慢慢的被分開了，隱在一旁的男子，默默嘆息，這次的見面，又用掉了痴兒的一年福分，他到底要到什麼時候，才能找回所有的靈魂碎片？

他默默現形，實在捨不得老友的女兒困頓至此。

「殷如茵，這一世的滋味，妳其實已經嘗過了幾百次，妳總是為情所傷，這是妳要學習的課題。」

殷如茵猛地抬頭，想起了學長。如果沒有弟弟，自己會因為他而死嗎？

男子搖扇，萬般無奈。「就算這一世妳是因為殷琪孟而尋死，但是妳不能總是茫然的逃避啊！希望這一次……妳別讓殷琪孟跟妳爸再傷心了。」

他揮揮扇子，帶著殷琪孟走了。

這時候，殷如茵的父母帶著弟弟的骨灰罈回家了，他們得挑選個好日子，將兒子的骨灰罈放入塔內，這樣他才能住得開心。

雖然心裡明明希望兒子趕緊去過下一輩子幸福的人生，卻又有一點點私心的希望他永遠在身邊，就算只能對著一個罈甕子說話也不打緊。

他們聽見哭聲，衝進了廚房，看著蹲在地上大哭的殷如茵，以及掉落在一旁的菜刀，兩人大驚，衝上前緊緊抱著殷如茵。

親人離去的傷痕，只會隨著時間慢慢結痂，但是永遠不可能遺忘，隱在表面底下的傷痛，一撕開就是鮮血淋漓的一道痛楚。

「爸，我要轉系，我想念特教……」哭得岔氣的殷如茵，抱著自己的父母，第一次開口，生平第一個任性的要求。

「茵茵，妳不要離開我們，妳想唸什麼都行啊！」殷如茵的母親放聲大哭。

她在淚眼當中，幾乎心如死灰了，他們費盡大把心思，現在卻連僅剩的一個孩子都差點要失去，她捶著心肝，硬生生的疼。

「媽……」殷如茵投入母親的懷抱，宣洩出自己對弟弟的所有不捨。

三個人抱頭痛哭，舔舐心中永遠無法癒合的傷口。

幾十年過去了。

今天的告別式上，大一點的孩子面露驚慌，他們不了解，為什麼其他老師會說，茵茵老師要離開他們了；小一點的孩子對現場氣氛更是毫無所感，滿場飛奔，像是遊樂園一樣。

他們難得到家裡跟學校以外的地方，今天可以來這裡玩耍，還看到很多人，大家都玩瘋了，只有幾位老師紅著眼睛，神情哀戚，低聲交談著，「茵茵老師人這麼好，怎麼會是她……」

「別說了，茵茵老師據說得了癌症很多年了，只是都有積極治療，才能夠拖到六十幾歲呢！」另一個老師，拍拍對方的手。

「什麼?她怎麼從來沒提過?哎!平常還讓她那麼照顧孩子……」

「她怕讓大家擔心嘛!不過茵茵老師走的時候，據說很安詳……沒什麼痛苦，在睡夢中就過去了。」

這群老師都是特教老師，負責各種身障兒童的特殊教育，茵茵老師則是他們當中最年長的一位。

她終身未嫁，把學校裡的孩子都當成自己的小孩照顧，不管遇到什麼樣的阻礙，她都是站在最前面的那個人。

今天是茵茵老師的告別式，來了很多特教的老師，有長年關愛她的前輩，也有受過她的指導的後輩，現場氣氛雖然哀戚，卻被一群孩子們的嘻鬧聲蓋過，不過老師們沒有任何一個人出聲怒罵孩子。

因為茵茵老師直到最後住進了安寧病房，都還是這樣讓孩子們圍繞著，他們知道，這些長不大的天使，就是茵茵老師的寶貝，他們這樣在這裡奔跑著，也算是送了茵茵老師最後一程。

「她這輩子終於沒有放棄了。」站在禮堂外的俞平，拿了一盒毛巾，低聲對著身旁的水煙說話。

「是啊，曹永昇那傢伙，不知道是真傻還是假傻，哎！賠了一年福報給她啊！現在還在等他的姊姊咧。」水煙頭痛不已的撫額。

俞平身後跟著一隻巨大的老虎，不過周邊的人似乎都沒有看見，老虎甩甩尾巴，一身皮毛溫暖厚重，牠張口就說，「那他們下輩子要當什麼？」

水煙沒好氣的回頭瞪了冬末一眼，「我哪知道？輪迴是讓他們修補缺失，不是讓他們再續前緣啊！」

冬末聳聳肩胛骨，「問一下也不行喔！」水煙像是一隻跳蚤，原地跳了幾下，「你神獸了不起啊！一問就問到我心頭最煩的事情啊！」

他會如此暴怒，實在是因為，他也不知道如何是好——這兩姊弟的雙生緣分，纏繞得死緊，殷如茵自己自身的課題都還沒學完，就去擔一個曹永昇的痴傻，這該怎麼辦是好啊？

俞平擺擺手，要這一人一貓不要再繼續無意義的鬥嘴了，「她要多少福分才能當陰差？」他指指告別式上殷如茵的照片。

「我想想喔……」水煙摸摸下巴，「最低等的陰差，至少也要這個數目，」他比出了五的手勢。「你該不會……噯！那可是很珍貴的啊！」

「誰叫我是她爸爸呢？」

俞平笑了一下，拍拍身後冬末的頭，「你不累啊？強撐著真身又要隱住氣息。」

冬末看見俞平關心自己，喵的一聲，又變回小貓，立刻跳上俞平懷裡，安安穩穩的喬個姿勢，「累啊！但是過兩天又要去見人了，得先預習預習。」牠舒舒服服嘆一口氣，「哎哎，還是當貓好啊～」

水煙一甩扇，敲在冬末頭上，「沒志氣！」

冬末氣得張牙舞爪，立刻跳起來反掌，抓了一下水煙的臉皮，「誰准你打我的頭啊！討厭鬼！」

「你才是長不大的死小孩！什麼時候才要斷奶啊？」水煙永遠學不乖，一使手勁甩開摺扇，又巴了一下冬末的臉皮。

冬末氣得大吼一聲，忘記自己已經解除隱形，現在是一隻軟綿綿的小貓，發出如虎的嘶吼聲，可是會引來路人的側目。

「剛剛是那隻貓在叫嗎？」提著菜籃的歐巴桑，狐疑的抬頭。

「聽著像是老虎啊？不太像貓吧？」路人忍不住好奇心，順勢搭話。

「說不定貓科動物的叫聲都差不多吧！」一旁的麵店老闆甩了兩下手，做了個結論。

路人紛紛指指點點，俞平抱著冬末，跟水煙兩人趕緊準備開溜！臨走前他回頭望了望殷如茵的照片，上面自然老去的面容，溫和的笑看著底下的一群孩子，他讚許的點點頭。

女兒，爸爸以妳為榮。

——番外　殷如茵　完

後記

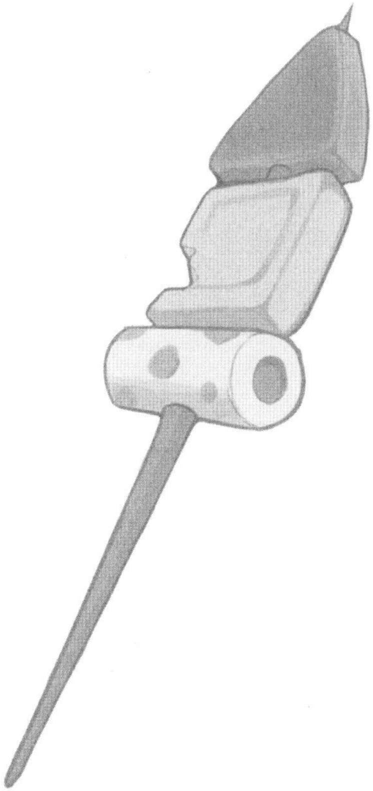

這個故事是在二〇一二年的平安夜開始下筆的。

那時候我坐在一間小餐館裡面，餐廳很小，才四張桌子，還開在臺北市，根本難以想像怎麼賺錢的。平安夜，外面風很大，非常冷，冷得我牙齒都打顫，後悔為什麼平安夜還要出來找罪受。

但是，店裡的師傅一端上一碗熱湯，當我含著湯匙喝進第一口湯的時候，我就知道，值得了，好值得。心裡滿滿的感動，這麼冷的天了，師傅卻能熬一鍋這麼炙熱的湯，讓我連心都熱了起來。

所以，《關東煮》慢慢成形。我想著，在這樣的一間小食堂裡面，會發生多少事情，師傅有多少故事，又會是什麼樣的人，才會踏進來呢？我含著湯匙，整個晚上都心不在焉，看著窗外的行人，腦子動個不停，只記得那碗湯十分、十分的好喝。

當然，後來又去了很多次，所以食物也非常好吃。

寫這故事的時候，常常回想著那間食堂的模樣，還有師傅沉靜的站在料理臺後的樣子，他很少開口，我去了很多次，也不知道他認不認得我。但他每次都會跟我點頭示意，然後讓我挑幾個我喜歡的關東煮食材。

今年二〇一三的下半年再過去的時候，店裡多了一個特別的人——是個小嬰兒，我一向不擅長搭訕，所以也不知道性別，但是猜測應該是師傅的孩子，在店內客人不多的時候，他總是很寵愛的抱著，眼神溫柔的看著。

真的很喜歡這樣一間的關東煮小食堂。

謝謝你們帶給我靈感，謝謝你們烹調出如此美味的食物。真好，遇見了這樣棒的地方，未來希望大家一起在這個城市的角落裡一起努力，我也會繼續努力寫出更多的故事，也謝謝所有看到這裡的你們。

《關東煮》的原型就是這樣，接下來還有更多的延續篇章，也請你們一起期待。

逢時・二〇一三九月十二日 於汐止

輕世代
FW031

備位冥使

見習いグリム・リーパー I 六花淨魂

只是一時好奇觸摸了那把鐮刀，所有異變於焉浮現。

「歡迎加入冥使事務所柳分部，你的生前、死後都是這裡的，沒得選擇。」

……靠，這種莫名其妙的強制契約是哪招！

只是面對成天帶著狐狸笑臉的柳部長、動不動拿槍抵他腦袋的同事，

小命被捏在人家手裡的皇甫洛雲沒法擺爛不幹，

雖然不知他為何會被挑選成事務所的一分子，

但他會成為冥使，或許絕非巧合而已……

DARK櫻薰 著
LASI 繪

高寶書版集團
gobooks.com.tw

輕世代 FW053

歲時卷之陰陽關東煮 下

作　　者　逢時
繪　　者　Sawana
編　　輯　許佳文
校　　對　王藝婷、張心怡、賴思妤
美術編輯　陸聖欣
排　　版　彭立瑋
出　　版　英屬維京群島商高寶國際有限公司臺灣分公司
　　　　　Global Group Holdings, Ltd.
地　　址　臺北市內湖區洲子街88號3樓
網　　址　gobooks.com.tw
電　　話　(02) 27992788
電　　郵　readers@gobooks.com.tw（讀者服務部）
　　　　　pr@gobooks.com.tw（公關諮詢部）
傳　　真　出版部　(02) 27990909　行銷部 (02) 27993088
郵政劃撥　19394552
戶　　名　英屬維京群島商高寶國際有限公司臺灣分公司
發　　行　希代多媒體書版股份有限公司/Printed in Taiwan
初版日期　2013年10月

國家圖書館出版品預行編目(CIP)資料

歲時卷之陰陽關東煮 / 逢時著. -- 初版.
-- 臺北市 : 高寶國際, 2013.10-
冊;　公分. -- (輕世代 ; FW053)

ISBN 978-986-185-911-8(下冊 : 平裝)

857.7　　　　102012799

三日月